夜青天使系列3

治癒破……雙心

作者序

《夜青天使系列1》出版沒多久，書便上了好書龍虎榜第三位。跟《叛逆歲月》一樣，《夜青天使》都是以真人真事改編，裏面有協青社的宿生：被媽媽一次又一次欺騙的至杰，遭遇坎坷的月月，沒有人理解的大雄，永遠藏着秘密的炤兒，有讀寫障礙、求助無門的孖女，還有已經跟我失去聯絡的魷魚。她家中的衛生問題非常惡劣，與家人的關係亦很是複雜，之前一直有與她聯絡的，卻突然失聯了，只說是她突然退學，我也不知她往哪裏去了，老師也沒有她的行蹤，希望她安好，安好無恙。掛念着他們每一個！

各位讀者，
如有興趣與君比分享讀後感，
可以到以下專頁留言呢！
https://www.facebook.com/fung.quenby

序

《夜青天使》是君比又一觸動心靈的系列。入木三分的描寫、絲絲入扣的解構和輕觸細膩的文筆，引領我去了解一群值得社會關注和關心的夜青。當中的主角，大多是真人真事改編，每個都是有血有肉、栩栩如生，儼如真人活現眼前。當我細閱時，很容易產生共鳴和迴響，更不時觸動我的情感和反思。

在《夜青天使》中，我看見生命幽暗、悲涼的一面。十五歲的月月，因渴求被愛的感覺，竟多次與陌生男人發生關係，結果懷孕，令人悲痛不已！患有精神病和好賭的媽媽，令至杰擔驚受怕，有家歸不得。缺乏家庭教養和關愛的大雄，遇到挫敗時，竟會用自己的排泄物來攻擊別人。炤兒深深隱藏的憂鬱，可能與爸爸的不尋常關係有

關……這些迷惘、虛空的心靈，正懸掛在深谷的邊緣，等待拯救！

在《夜青天使》中，我亦看見生命光明、令人喝采的一面。初出茅廬的社工——方妮和如海，正是這一群夜青在人生路上的兩盞明燈，照亮他們幽暗的心靈，了解他們的心理和境況，為他們加注愛與能量，扶助他們重上正途，堅強地面對人生的難關。方妮的金句是：「無論日子如何失意，只要有生命，便會有希望！」她立誓要為這些面對逆境的年青生命重燃希望。

至於如海，童年時的坎坷經歷，並沒有把他摧毀。可幸地，他遇到關心他的助養父母和老師，令他重新做人，更考上大學，成為社工。不幸的童年經驗，使他更包容、更體諒、更能聽懂別人的心，更能幫助這一群夜青釋去疑慮、解開心結、開放心靈、重注力量，勇敢地邁步向前！

這兩位社工的專業、委身、捨己愛人的精神，真叫人鼓舞、喝采！

很高興《夜青天使3》出版了！我在君比的作品中，繼續看見愛的無窮動力和生命的無限希望！愛與被愛，是人生最基本和最重要的需要。施比受更為有福。願我們社會能投入更多資源、更多關注和關愛給這一群夜青。我相信，拯救了這些迷失的心靈，也是拯救了我們整個社會！同時，讓我們為這群令人敬佩的社工加油！願他們繼續將受傷的生命，轉化成貢獻社會的動力！

中學教師

陳瑤君

目錄

作者序 3

序 4

1 有窒息的感覺 9

2 鐵盒裏的錢 15

3 因為一首歌而相遇 23

4 無言以對 37

5 她和他的關係 47

6 報警故事 57

7 《Last Christmas》 75

8 大雄的秘密 81

9 不請自來 91

10 我是「老餅」 97

11 你是誰 107

12 離家出走小姐妹 117

13 突發事件 133

後記 143

協青社簡介 146

1

有窒息的感覺

「海哥！這趟麻煩了！」至杰握着手機，從面談室衝出來，急道。

「鎮定一點！發生了什麼事？」如海扶着他的肩膊問道。

「剛才來電的不是我弟弟，而是他的班主任。她説，剛才在週會前，她千叮萬囑我弟弟在散會後找她。可是，週會完結後，我弟弟卻離開了。他的班主任怎樣都找不到他……至雲很可能已在回家途中！海哥，怎麼辦呢？他沒有手機，我不能聯絡上他啊……」

成熟、沉着的至杰，在這一刻也顯得方寸大亂。

「千萬不要回家，否則會死！」這句恐怖的電話短訊，又鑽進如海腦裏。

這個生死攸關的局面，他該如何處理？

根據檔案資料，至杰的媽媽是病態賭徒。她留下這個短訊給兒子，極大機會是因為豪賭欠債，被財務公司追債，連家也不敢回。

當然，她患有精神病十多年，亦有可能是突然病發，幻想自己和家人的安全受威脅，故傳送這個恐怖短訊給兒子。

無論這訊息是真是假，如海認為，他還是要認真處理。

「至杰，我和你一起回家去吧！」如海審慎考慮過後，作了這個決定。

****

在啟明社的女中心客廳……

「我不想回家去，原因不是我媽媽。」炤兒把臉別到另一邊，回道。

「那麼，真正的原因是什麼？」方妮問。

看着這張年青、漂亮的臉孔下深深隱藏的憂鬱，方妮的不安感覺驟然升級至恐懼的程度。

「炤兒，真正的原因，究竟是什麼？」

與男朋友無關，又不是因為媽媽……

「難道是──你的爸爸？」方妮的聲音都變了。

下午的陽光斜斜的從磨砂玻璃窗滲進，灑在兩人的臉上、肩上，卻沒有帶給方妮溫暖的感覺。

方妮只覺周圍一片寂靜，靜得連她自己「怦怦、怦怦、怦怦」的心跳聲也可以清楚聽到。

炤兒抬頭凝視着她，沉默不語。她的眼神是一片茫然。

「炤兒，」方妮不願放過這個了解事情真相的機會，「是不是因為你的爸爸？」

方妮還記得，那晚她在女中心主持「戀愛與性」的活動，當眾女生笑得人仰馬翻時，熠兒全程呆若木雞地坐着，半句話也沒有説過。

「我只是不希望被束縛。我覺得，在家裏生活，有……窒息的感覺。」熠兒給了方妮一個模棱兩可的答案。

「是誰令你有窒息的感覺呢？」方妮又問。

「是家裏的氣氛。」熠兒説話依然小心，避免談及「人」。

「是家裏什麼人出現，使你有窒息的感覺？」方妮還是要她「供」出一個人來。

熠兒再次垂下頭，默默無言。

「方妮！方妮！」玉萍和少玲一回到女中心便叫嚷起來，「你答應過今天給我們買麥記下午茶餐的！你説過要算數！」

方妮被她們左右夾攻，只好道：「好吧！我一會兒替你們去買，但請給我一點時間，我想跟熠兒談談。」

「不用了！我們已經談完。」炤兒把手上的書合上，站起來，徐徐地離開客廳，走下樓梯。

「方妮，你還不快點替我們去買？我要喝橙汁汽水，再加一個蘋果批……」

方妮推開女中心的門，準備離去時，樓下傳來一陣悠揚悅耳的鋼琴聲。

前幾天，義工Sandy來女中心教女生彈琴，只有四、五個女生有耐性把全首歌學完，炤兒就是其中一個。而學懂了，又會天天不間斷去練習的，就只有炤兒一個。

她現在彈奏的樂曲，方妮也懂。那叫做——《在家中》。諷刺的是，炤兒卻寧願入住長期宿舍，都不願意回家。

真正原因，究竟是什麼？

2

鐵盒裏的錢

「海哥，前面那棟就是月桂樓了。」至杰用手指了指，向如海示意道。

「至杰，你試試再致電，看看你弟弟回到家沒有。」

至杰立刻致電，那邊廂傳來單調冗長的「鈴鈴」聲。至杰等了近一分鐘。正要掛線，那端才傳來「喂」的一聲。

「至雲，是你嗎？」至杰急問。

「不是我，還有誰？」至雲感到很奇怪。

「我想問，你是否獨自在家？」

「當然啦！媽媽仍未回來，」至雲問道，「你什麼時候回家？不如順便到『大胃王』買飯盒吧！我餓了！」

至杰跟如海道：「至雲應該是獨自在家，而且安然無恙。」

「那就好了！」如海頓時如釋重負。

「那麼，我們一起上我家吧！」至杰道。

「不！為安全起見，你還是留在這兒等我們比較好，」如海考慮過後道，「你在電話告訴弟弟，你們暫時要住在啟明社一段時間，叫他收拾你們的日用品和衣物吧！還有，我現在就上去接他，五分鐘後到。」

＊＊＊＊＊＊＊＊＊＊＊

至杰的家在十二樓。

如海記得，小時候與媽媽在屋邨同住，都是住在十二樓。

媽媽早出晚歸，他經常獨自在家，靠在窗邊等媽媽，多半都是等不到的。有時候，倚在窗台上看，看呀看呀，便睡着了。

至杰的家在走廊最末的一個單位。如海伸手穿過鐵閘，在木門上叩了幾下。門開了少許，露出一小角的臉，上面有一隻略帶懷疑的眼睛。

「你是至雲吧？」如海微微一笑，呈上卡片道，「我是啟明社的社工吳如海。你可以叫我海哥，我陪至杰一起來的。麻煩你開門！」

至雲接過卡片，看了看，二話不說，立刻開了門。

這個小小的家，家具簡潔，雜物不多，算是收拾得井井有條。由此可知，這個家的主婦算是勤快。

「我替哥哥收拾些衣物便可以走了。」至雲跟他道。

「需要我幫忙嗎？」問題剛道出，如海的手機便響起。

「海哥，麻煩你替我做一件事，就是——到我房間，把我衣櫃頂層最左面的一個小鐵盒取出，並帶來給我。謝謝！」

如海根據其指示，從衣櫃取出小鐵盒，隨手放進至雲的一袋衣物裏。

「海哥，」至雲遲疑了一會，問道，「我們是否一定要離開？或許媽媽很快便會回來，解釋一切。我們可能只是虛驚一場罷了。」

「至雲，我們暫時未能聯絡上你媽媽，未能確定事情的真相，但我們總不能夠對她那留言掉以輕心，最好的處理方法，就是你們兄弟倆一起到啟明社暫住，待我找到你媽媽，了解她的情況，再作決定，」如海輕搭他的肩膊，又道，「我們會照顧你的日常需要，你不用擔心！」

****

坐在公共汽車上，兄弟倆縱使並排而坐，卻沒有交談，大家像是各懷心事。

公共汽車轉上天橋時，遇上大塞車，車子幾乎寸步難移。如海擔心他們會錯過晚飯時間，遂先致電回中心。

就在通電話之際，坐在前排的至杰忽然驚叫。

「至杰，什麼事呀？」如海立刻掛斷電話，急問道。

「我……放在鐵盒裏的錢……全不見了！」至杰轉過頭來，驚愕地道。

如海湊到前面看一看，只見至杰擱在膝上的鐵盒空空如也。

「我這幾年辛苦儲下的錢，都沒有了。」至杰愁着臉道。

「你放了多少錢在盒裏呢？」如海問。

「有約莫一千二百元。前幾天，我才數過裏面的錢！」至杰又道。

「剛才我進你的房間取鐵盒時，至雲一直在我身旁。我把鐵盒放進那旅行袋裏，再放了些你的衣物，便離開了。我們一直親手挽着袋，沒有放下過。那即是，在我們到你家之前，鐵盒裏的錢已不翼而飛。」如海推斷道。

「那麼……」至杰長長嘆了一口氣，頹然道，「該是媽媽了！」

「你真過分！」一直沉默不語的至雲突然插嘴道，「沒有證據，你就懷疑是媽媽把錢取去了？」

「她失蹤了，我的錢同時不見了。這不是很巧合嗎？」至杰反問道。

「是巧合！就是巧合而已！」至雲不甘示弱道，「你不用大聲地說那是你的錢吧！你的錢，不就是媽媽的錢嗎？一分一毫都是她給你的！你居然誣衊媽媽……」

瘦削的至雲惱怒起來，罵人聲如洪鐘。原本寂靜的車廂，都充斥着他連珠砲發的責罵聲。車上的乘客幾乎全都注視着他們。至杰漲紅了臉，卻沒有還擊。

「至雲，這兒不是談論這問題的好地方。一會兒回到中心，我們再談吧！」如海按着兩人的肩膊，暫時停止了一場爭執。

3

因為一首歌而相遇

三人回到啟明社時，已過了晚飯時間。

如海一推開男中心的門，便看見大雄筆直地站在門旁。

「大雄，我們回來了。你吃過飯了吧？」如海如常地跟他打招呼。

「大雄！」至杰朝他笑笑。

「至杰、至雲，你們也搬來這兒住？」大雄臉上又再呈現那千載難逢的笑容。

「是呀！」

回應他的只有至杰。跟在後頭的至雲，板着臉直往前衝，對大雄視若無睹。

「你們兄弟倆今晚就睡在VIP房吧！新來的舍員第一晚都可以在這兒過，明天才搬到樓下大房。你們可以先把行李放在房間裏。」如海推開VIP房的房門，揚一揚手道。

「我不想跟他同房！」至雲站在房門前道。

「至雲，你不要胡鬧了！」至杰不禁道。

「我跟誰同房都可以，就是不想跟他同房！」至雲重申。

「不要緊！」如海道，「你們先把行李放下，我們去吃飯，稍後再處理房間的問題，好嗎？大家都餓了！」

「至雲，合作點吧！」至杰勸他道。

至雲把行李放進房裏，出來時，跟如海道：「海哥，我是暫時把行李放下，但不代表我會跟他同房！」

如海立刻微微轉過頭去瞄一瞄至杰，他咬咬牙，沒有說些什麼。

「我們晚點再談吧！」如海拍拍兩人的背，把他們帶到樓下吃飯去。

****

過了下班時間，方妮仍不想離開啟明社。

晚飯後，女中心有活動，但舉辦者是另一位社工莎莎。

方妮倚在樓上的欄杆往下望。活動就在樓下大廳進行。就如上次的活動，眾女生在討論時非常熱烈，嘻嘻哈哈的笑作一團，而炤兒依舊是最冷淡的一個參與者，永遠都是人在心不在。

她那藏在內心深處的秘密，究竟是什麼？

其中幾個女生看見方妮，紛紛仰起頭跟她招手。方妮為免令她們分心，揮揮手，便靜靜離開了。

踏出走廊，經過隔壁的男中心，方妮突然停下腳步，想了一想，走進去了。

男中心的職員森美看見她，詫異地笑了笑，問道：「方妮，來找如海嗎？他在樓下吃飯啊！」

「其實，我是來找王偉信的。我負責王偉信的女朋友談炤兒的個案，我希望跟王偉信談談，問一點關於談炤兒的資料，」方妮道，「森美，麻煩你替我問問如海，我可否跟王偉信在面談室談一會兒？」

「沒問題！請你稍等。」森美馬上動身處理。回來時，身邊多了一個臉色蒼白的男孩。

「偉信，這位就是女中心的社工林方妮，」森美向他介紹道，「她想跟你談一會兒，可以嗎？」

「可以。」偉信點了點頭。

＊＊＊＊＊＊＊＊＊＊

男中心的面談室跟女中心的一模一樣。

方妮坐下後，先跟偉信致歉。

「對不起！我知道你不舒服，還是要跟你談關於炤兒的事，希望你體諒。」

「不要緊！我看了醫生，打了針，服了藥，已沒有大礙。」偉信非常得體地道：

「林姑娘你不用擔心，隨便問吧！只要是我知道的，我一定會告訴你。」

方妮不禁端詳他一下。

昨天到炤兒家進行家訪，炤兒爸爸一口咬定，令乖純的女兒迅速變壞的，就是她的男朋友偉信。他認為是自拍拖後，炤兒才開始對父母無禮，還淪為「夜青」。在炤兒爸爸眼中，偉信是個徹頭徹尾的壞男孩。

眼前的偉信，卻是文質彬彬、談吐溫文有禮，似乎跟「壞」字完全扯不上關係。

「偉信，我是負責炤兒個案的。我知道你們既是同學，又是好朋友，還是一起被外展社工帶回來啟明社的。我希望可以從你這方面去多了解炤兒，看看能否幫她解決問題，亦可以順道了解一下你。」

「明白。你儘管問吧！」偉信非常合作地道。

「那我直截了當問了，」方妮微笑道，「你跟炤兒是什麼時候開始拍拖的？」

「唔……我和炤兒這學年才同班。至於開始拍拖，大概是去年聖誕節。」

偉信開始回憶起來……

去年十二月二十三日，學校舉行聖誕派對。三時半，派對結束，同學們意猶未盡，結伴前往卡拉OK盡興，只有數個同學沒有跟隨，炤兒和偉信便是其中兩個。派對後，兩人先後離開學校。

偉信不願回家，便四處閒蕩。在商場閒逛時，聽到一首旋律輕快的歌曲，一聽便喜歡上了。很自然地，他要尋找歌曲的「來源」。

繞了一個大圈，終於發現，播放歌曲的是一間售賣懷舊牛仔褲的店。

為了聽歌，偉信走進店裏。就在那兒，他碰上了炤兒。

「那麼巧！你來買褲？」他詫異地問。

「不！來聽歌，我很喜歡這首歌，」炤兒笑着回道，「我很久沒有再聽到了。

剛才遠遠聽到，禁不住要走進來……」

就是簡單一首歌，把兩人拉在一起了。

「在這之前，我們在校甚少傾談。但那次奇遇之後，我們才發覺，原來大家有一個共通點，就是——不喜歡留在家。

「所以，今年年初開始，放學後，我們都會到處逛。有時會到圖書館做功課，有時會在街上遊蕩。」偉信道。

「偉信，你可否告訴我，為何你和炤兒都不喜歡留在家？你先說說你自己的原因吧！」

偉信垂下眼，遲疑了一會兒，才道：「我覺得，家裏並不安全。」

「為何這樣說呢？」方妮問。

「我媽媽……是在夜總會工作的。她很好賭，賺的錢幾乎全花在賭桌上。錢花盡了，借錢都要繼續賭，屢勸不改。

「去年年底開始，媽媽會突然失蹤數天。在家的時候，總是心神不定。電話一響，她就嚇得彈起，阻止我接電話，並惶恐地跟我說要出去一會兒，然後就一整晚沒有回來。

「媽媽不在家的時候，偶爾會有些兇神惡煞的人上來找她，找不着她，便要我代她還錢。我說沒錢可還，他們便說粗言穢語，連番恐嚇。漸漸地，我也像我媽媽一樣，電話響，不敢接；門鈴響，不敢應。

「有一次，我下課回家，更衣後想外出買飯盒，一開門，便遇上兩個魁梧大漢，又是來追債的。我強裝鎮定，說媽媽不在家，請他們立刻離開。

「他們果真離去了，但臨走前，其中一個人向我的臉吐了一大口涎，然後帶着笑離開了。

「自那天開始，我一放學便在外流連，凌晨三、四時才回家。那個時間，財務公司的人通常不會上來，我可以睡兩、三個小時才回校上課。」

方妮聽了，只覺心酸。

這樣不安穩、時常只有一個人的家，教人怎去愛呢？

「海哥說，他會替我申請長期宿舍。」偉信道。

「聽你這樣說，我也認為，以目前的情況來看，你住在長期宿舍會較適合。」

方妮由衷地道，「希望你的申請會早日獲得批准。你年紀還小，該有一個安穩的生活環境才是。」

「你最想知道的是炤兒不願回家的原因吧！」偉信微笑道。

「是呀！偉信，請你把知道的告訴我。謝謝你！」方妮回道。

「炤兒的問題，跟我的相比，似乎不太嚴重。

「她是不適應與媽媽和弟弟一起生活，才不願留在家。她說，以前只有她和爸爸的家，溫馨愉快。她和爸爸互相了解，兩父女全無代溝。每晚，兩人一邊吃飯，一邊聊天，話題多得怎樣都說不完。

「不過，自從她媽媽和弟弟取得單程證來港跟他們團聚，一切都改變了。

「炤兒覺得她媽媽不了解她，跟她的生活習慣又完全不同，很難適應。她弟弟是個粗魯、嗓門大的男孩子，跟她是兩個世界的人。炤兒認為，她的家被侵佔了、污染了，不宜久留。所以，她寧願每天放學後跟我一起在外流連，都不肯回家。

「我曾經勸過她，叫她嘗試多跟她媽媽傾談，給她機會了解自己，又着她向學校社工求助。不過，她沒有聽我的話，」偉信苦笑道，「事實上，我也沒有向學校社工透露自己的事。我入學至今，都弄不清學校社工駐校的時間，又聽同學說，那社工很難約見，就算見了她，她也不能給你什麼實質幫忙。老師又好像忙得不可開交，我——不想給他們增添麻煩。」

「其實，你們年紀還小，遇上複雜問題，難以解決，便該主動向老師或社工求助。我們有責任幫你們，就算有多忙，都一定會抽時間去幫。」方妮道。

「自從來了啟明社，接觸了你們之後，我對社工的感覺完全改觀。我在學校跟同學打架，還以為我的班主任只會責罵我，記我大過，甚至趕我出校。結果卻是她和海哥一起了解事件經過，替我解決了問題，令我不致被控傷人或被開除學籍。」偉信又笑了，笑容不再像先前般苦澀。

「所以，我鼓勵炤兒向你們坦白吐露心事。她有完整的家庭、愛護她的雙親，若只因為生活適應問題而不願回家，似乎有點誇張了。

「在家長會上，我見過她的爸爸。

「誰都可以看得出，炤兒爸爸非常疼愛她。我多麼想有一個像他這樣體貼細心、對我關懷備至的爸爸！有這麼一個爸爸，我就不會淪為『夜青』了！」

「偉信，謝謝你這番真誠的說話。我也希望炤兒會明白，自己的問題並非難以解決的。我們亦會盡力遊說她回家，並幫助她作好回家的準備，」方妮道，「我不打擾你休息了。希望你的腸胃炎快點痊癒，下次我買下午茶時，會預留你一份！」

「謝謝你，林姑娘！」偉信站起來告辭了。

就在他正邁步離開面談室之際，方妮突然想起了些什麼，立刻道：「偉信，我還有一個問題想問你！」

「是什麼呢？」偉信緩緩轉過頭來，問道。

「是個無關重要的問題，」方妮笑笑問道，「十二月二十三日，你和熠兒在商場為了聽一首歌而相遇，那首歌的歌名是什麼？」

「是一首舊歌，叫《Last Christmas》！」

4

無言以對

晚飯後，大家把碗筷放進廚房。如海正準備處理至杰和至雲兄弟倆的事，大雄卻走了過來，靜靜地盯着他們。

「大雄，有事要找我嗎？」如海問他。

大雄一言不發，伸手往褲後一探，掏出了一個噴火龍玩具吊飾。

「你還未送給志強？」如海笑道。

「他——怕我呢。」大雄怯怯地道。

如海搖了搖頭，道：「志強在哪兒呢？」

「他剛從浴室出來，現在就在牀邊。」大雄回道。

「我可以陪你過去，但是，我想你親手送這玩具給他。」如海道。

大雄有點猶豫，最後還是點頭同意。

志強正坐在牀邊抹頭髮，看見如海走過來，即笑道：「海哥，是不是想替我抹頭髮呀？麻煩你！」

如海接過志強的毛巾，一邊替他抹頭髮，一邊問道：「志強，想不想收禮物呀？」

「想呀！當然想！是什麼呀？模型？遊戲機？」志強雀躍得很。

「我請大雄來告訴你吧！」如海道。

「為何要他來説呢？」志強　聽見大雄的名字，馬上臉色一沉。

「因為是他有禮物要送給你！」如海道，轉頭揚一揚手，示意大雄過來。

大雄低着頭走到志強面前，遞上噴火龍玩具吊飾，道：「送你的！」

志強瞄了一瞄，扁扁嘴道：「我並不是十分喜歡噴火龍，連比卡超都不太喜歡。」

「那麼你又看《寵物小精靈》VCD？」大雄立即問。

「我是無聊得很才會看！」志強瞪大眼睛，誇張地道，「現在我最喜歡的卡通片是《爆丸2》！」

大雄聽了，一直無神的雙眼突然一閃。他轉身跑回自己的牀位，返回時，手上多了一個爆丸玩具和兩張鬧門卡。

「全都送給你！」大雄把卡和玩具都遞向他。

「嘩嘩嘩！是新生獨角巨龍呀！太好了！太好了！」志強完全忘了先前對大雄的抗拒，飛快地接過這兩份意料之外的禮物，並發狂似的蹦跳起來。

「志強，你是否有話要跟大雄説呢？」如海提醒他道。

「是呀！多謝多謝！」志強哈哈笑着謝過他，又跟如海道，「我現在想致電同學，明天放學後去他家一起玩，可以嗎？」

「可以！」如海回道。

志強飛也似的溜了去電話間。

「大雄，」如海好奇問道，「你真的買玩具來送給他嗎？」

大雄搖搖頭，似笑非笑地道：「我不是買的。」

「難道是撿的？」如海笑問。

「對啊！」大雄壓低聲線道，「那些玩具，我都是在公廁裏撿到的，還要是在——」

「夠了！大雄，你不用仔細描述，我都可以想像到了。」如海趕忙制止他。

「你有洗淨了才送給人家的，對嗎？」至杰問道。

「對！我洗了許多次，一定乾淨！」大雄肯定地道。

「大雄，你跟至杰敘敘舊吧！我想和至雲單獨談談。」

****

面談室的門一關上，如海和至雲便暫時與外隔絕了。

「至雲，坐下吧！」

如海揚一揚手，至雲便坐到他身旁的沙發。

「我今晚是不會跟他睡在同一間房的！」至雲倔強地道。

「我們先別談這個問題，」如海微笑道，「我跟你們今天才認識，想了解你多一點。可否告訴我，爸爸、媽媽和哥哥三人當中，你跟誰相處最久？」

至雲想也不用想，即道：「當然是哥哥！」

「為什麼是他，而不是爸媽呢？」如海裝作毫不知情，問道。

說到家事，至雲微垂着頭，半頃，才娓娓道出：「我爸爸在我出世後便跟我媽媽離婚，離開了家。我媽媽要獨力照顧我和哥哥，因為壓力太大，在我四歲左右，她……患了病，要住院，我和哥哥便入住寄養家庭，然後是兒童之家。幾年後，媽媽出院，我們便搬回家跟她一起住，但不足一年，她病發了，又要住院數年。直至最近，我們才搬回家再跟她住……」

「至雲，那即是，你哥哥十多年來一直跟你一起，沒有分開過？」如海問。

「是。」

「你哥哥跟你的相處怎樣呢？他有沒有故意激怒你，與你吵架，甚至打架？」

「有！我們有打過架，吵架也有無數次！」至雲馬上道。

「是在家裏的時候發生的，還是在寄養家庭、兒童之家？」

「是……在家裏。」

「那是什麼時候的事？」

「小時候，」至雲輕聲道，「即是媽媽未病發的時候。」

「那即是早在你和哥哥還是幾歲大的時候？」如海問。

至雲點了點頭。

「很多兄弟在幼兒時期都會吵架打架，有些姐妹亦會呢！但在你們開始在寄養家庭生活後，你哥哥還有否故意以說話或行為刺激你，引起爭執呢？你細心想一想。」

至雲果真沉默了，良久，才回道：「他做的一些事，會令我不滿。例如今天，他一發覺錢不見了，就斷定是媽媽取去的。我就是討厭他這樣！他怎可以未查明真相就這樣說呢？」

「至雲，我知道你很孝順，處處維護着媽媽。不過，想一想當時的情況吧！你的家沒有被爆竊的跡象，但是，至杰辛苦儲得的錢竟不翼而飛，任何人都會立即聯想到，是家中的人拿去了。你哥哥沒有懷疑是你，是基於他對你的信任。他認為是媽媽把錢拿去，純粹是因為你們媽媽的病歷。她是因病而多次進出醫院，以致不能照顧你們。

「我們未能聯絡上你媽媽，只能從那手機留言推斷，她可能被財務公司追債而要躲藏。而正領取綜援的她，一家三口的開支已很大，何來賭本呢？你哥哥一發現失去儲蓄，便聯想到是媽媽取去了。細想一下，這是邏輯性推理，任何人也會有這樣的聯想。你試試站在你哥哥的角度去想，自然會明白。他失去的一千二百元，是他多年的積蓄，一下子不見了，即時的感覺是什麼？吃驚、憤怒、怨恨、難以接受。然後是想立刻把小偷揪出來，以取回積蓄。碰巧，他心目中取去錢的人可是他媽媽。我可以肯定的是，你哥哥心裏也不好受。

「再從你哥哥的角度去看現在他面對的情況吧！爸爸早已離去，媽媽突然失蹤，自己的積蓄全沒了，而唯一在身邊的家人——弟弟竟因為他一句衝口而出的話而惱怒他。兄弟倆來到這個可以暫時安頓的地方，弟弟卻不願意跟他同房。

「若換了是你，你會怎樣呢？」

至雲木着臉，一言不發。如海續道：「剛才至杰收到你媽媽的短訊，叫他千萬不要回家，否則會死。在慌張之際，他還不忘致電到你的學校，請你班主任着你在放學後不要立刻回家，而是致電聯絡他。他在臨危時，還記得要保護你，這證明了什麼？」

至雲依然無言以對。

「至杰只有十六歲而已。在這樣的突發情況下，仍把你放在首位，替你作出了安排，才照顧自己的需要，來這兒向我們求助。後來我們知道你回家去了，我提議把你接回來，至杰最初有點擔憂，但仍答允帶我回你們家。他為何要冒這個險？

「至雲，」如海拍拍他的肩膊道，「我覺得你是聰明人，你一定知道這些問題的答案，你不用告訴我了。若你有需要的話，我可以讓你留在面談室略作思考。我現在要回辦公室處理點事情，你若是ready，便出來找我吧！」

5

她和他的關係

這個晚上，天氣清涼如水。

方妮獨自離開啟明社，一踏出大門，看見一輛往中環的電車到站，她想也不想便跳了上去。

雖然已是下班時間，方妮的腦袋盛載着的依然是工作。閉上眼睛，映在腦海裏的依然是一個又一個中心舍員的臉孔：炤兒、偉信、美琳、敏思、淑君……還有月月。

方妮在啟明社當社工，第一個負責的個案就是月月。雖然她在女中心生活的日子只有短短數天，但方妮總算成功取得她的信任。

懷孕十周的月月，現正與相處不太融洽的爸爸一起生活。

上次通電，方妮提議她入住母親的抉擇，不知道她的申請獲批了沒有。明天要致電她跟進一下了。

一陣嘈吵的手機鈴聲打斷了方妮的思路。就坐在她斜前面的一個女乘客接了電話，開始談起來。

寂靜的上層車廂，就只有她一個在高談闊論，同車的乘客惟有被迫聽着她的說話。

「那『衰仔』想我去保釋他。哈！我才不會那麼笨！你也清楚他的為人吧！他的話，你相信兩成也嫌多，這次還是『衰十一』①！這非同小可啊……唉，看來他這次最少也要監禁四、五年了……」

方妮好奇地看看這個嗓門頗大的女乘客。

從她的角度，方妮只可以看到她那一頭金色、枯乾如禾稈草的長髮。

「喂喂喂！唉——斷線了。」女乘客掛了電話，撥弄一下頭髮，無聊地望向另一邊的車廂。

---

① 與未成年少女發生性行為，俗稱「衰十一」。此乃刑事罪行，一經定罪，可處監禁。

方妮終於看到她的側面了。

是她！

方妮認得她。

那天，她根據月月媽媽那封未寄出的信上的地址，獨個兒闖上蔡乃新在新田邨的家，碰巧他不在。應門的，正是這個約莫三十餘歲的金髮女人。

方妮記得，她開門見山對這女人說要找蔡乃新，她竟一臉不屑地問方妮：「你是他第幾屆的女人呀？」

言下之意，與蔡乃新有接觸的女性多不勝數，當中可能不止月月一個是未成年少女。

面前這個金髮女人，是蔡乃新的什麼人呢？會是他的「密友」之一嗎？

剛才她在手機對話中提及的那個想她去保釋的人，就是蔡乃新吧！

電車緩緩駛進車站，有乘客下車，方妮急忙瞧向這個金髮女人，她正施施然地整理手袋和購物袋，看來也快要下車了。

方妮吸了一口氣，走上前排，就在金髮女人身旁的空位坐下。

「小姐，請問你認得我嗎？」方妮問她。

「不好意思，你是哪一位？」她反問。

是預期中的回應。

方妮又道：「上月，我曾經上過蔡乃新的家找他，應門的不是他，而是你。」

「哦──」金髮女人恍然大悟道，「原來你是那『衰仔』的女人！」

「你誤會了！」方妮立刻更正道，「我跟蔡乃新沒有什麼關係！我是社工，我負責的其中一個個案案主跟他才有特殊關係。我就是因為這個案而上他家找他。」

「哈！那『衰仔』生性風流，他會落得如此下場，我早已預計到。」金髮女人冷笑一聲道。

「蔡乃新現在究竟怎樣了？」方妮大膽問道。

「他？被警方押了回警署，今早還厚着臉皮致電我，求我去保釋他。呸！那『衰仔』向我借了幾次錢，合共近萬二元，到現在仍未還款！我何來錢去保釋他呀？他以為我開銀行的嗎？×××！」金髮女人開始謾罵起來，說到粗口，更是激動。

方妮待她發泄過後，問道：「你和蔡乃新究竟是什麼關係呢？」

金髮女人盯着她好一會兒，才道：「左鄰右里都以為我是他的女人，其實我是他家姐，」她又冷冷地笑了一笑，再道，「你一定不相信了，我跟他完全不相像。原因是，我跟他是異父異母的姐弟！」

方妮愣了一愣，正在消化這資料時，金髮女人又道：「我知道，你們社工都愛聽故事，我不妨告訴你了。我媽媽離婚後與蔡乃新的爸爸同居，一家六口擠住在一個四百多呎的小單位裏。我們一家人由早到晚都吵吵鬧鬧。我媽媽責罵蔡乃新罵得最毒，打亦是打得最狠。曾經試過打他，以致他滾下樓梯，頭也破了。還試過脫光他的衣褲，罰他站在走廊。

「我把他帶回家，媽媽連我也一併大罵。

「蔡乃新爸爸將一切看在眼裏，卻從不干涉。我也奇怪他怎麼從不維護自己的兒子。媽媽罵蔡乃新罵得狗血淋頭，他爸爸還是沒事似的看電視。

「我們就這樣一家六口同住十多年，直至蔡乃新的爸爸病死，我們便各散東西。我在內地有工作，偶爾回港，會在那『哀仔』家暫住。因為我媽媽和姐妹都各有自己的家了，我不方便去住。

「每次，我都看見有不同的女人上來找他，十多歲、二十來歲，像我這年紀的都有。我曾多次跟他說，不如踏實做人，找份工作，找個正正經經的女人，成家立室。

「像他這樣，專騙女人，還騙人家的錢，唉——

「上得山多終遇虎。現在有報應了……」

方妮正想說些什麼，金髮女人卻突然站起來，挽起手袋和購物袋，匆忙地道：

「我已到站了，不跟你談啦。」

心裏的問題和話語都沒能道出，她便走了。方妮只覺得喉頭像被堵塞着，鬱鬱悶悶的。

電車再度行駛了，外面的景物緩緩地往後退。

我們的路，是不能往回走的了。

茫然看着車窗令人目眩的霓虹光管，方妮腦裏浮現一段曾在書中讀過的話，作者是美國首席治療大師薩提爾。

「我相信家是可以充滿愛、關懷及了解，成為一個人養精蓄銳的場所。但是，對那些在痛苦家庭氣氛下成長的人而言，這些美景只是夢幻而已。從外面回到家，感到又如外面的世界一樣——彼此勾心鬥角、猜忌責怪，在這種外界與家庭的雙重壓力之下，不禁感到日子過得痛苦和艱難。」②

因着月月和她媽媽悲慘的遭遇，方妮一直視蔡乃新是「世紀禽獸」，沒想到「世紀禽獸」竟有如此複雜的家庭、坎坷的童年。方妮因而對他的憎惡減退了一點，對他的同情加多了一、兩分。

沒有人會願意有像蔡乃新這樣的家庭。可惜，人並沒有能力選擇自己的父母、家人。

由單親家庭變成雙親家庭，似乎是好事，但倘若家庭中還是沒有愛的存在，雙親家庭並不會比單親家庭好。

成長期間不停受身心虐待的蔡乃新，長大後無法與人建立正常關係，只會不停

② 此段文字節錄自薩提爾女士的《家庭如何塑造人》。

傷害身邊的人。

月月、月月的媽媽趙瑞明和許多不知名的女性，都是受害人。

蔡乃新呢？既是被告，亦是受害人。

是不幸家庭的受害人。

雖然約略知道了他的成長經過、他的家庭背景，會對他寄予同情。不過，蔡乃新終究要為自己犯下的過錯負上責任，接受法律制裁。

夜風逐漸轉冷，方妮不禁打了個寒噤。

她把大衣領位拉嚴，雙手輕揉自己冰冷的臉，漸漸有點暖意。

往窗外一看，原來早已過站了。

她馬上下車，思索着回家的路。

她的家，只有她和媽媽。雖然人丁單薄，但永遠都是溫暖如春。

6

報警故事

如海從職員浴室出來，已是十一時了。男中心的舍員多數已上牀就寢了。客廳就只剩下偉信、大雄、至杰，在職員森美陪同下圍坐在沙發上看電視。

「十一時了！你們還不睡覺？」如海問道。

「我今天睡了足足兩小時午覺，現在還未有睡意呢！」偉信笑道，「況且我十一時半還要服一次藥才可以睡覺。森美哥已說了今晚我可以破例晚一點睡。」

「對呀！我是這樣説過。」森美道。

「好！至杰、大雄，你們又如何？」如海坐到他們身邊問。

「我通常在驚嚇過後的晚上都難以入睡。我跟他們聊聊天、看看電視，鬆弛一下神經，會有助入睡的！」至杰先回道。

「至杰，你弟弟呢？」如海問。

「至雲習慣十時半睡的，他已睡了。」至杰回道。

「他——是否睡在貴賓房？」如海問。

「對呀！」至杰回道。

「那就好了！」如海由衷地道，轉頭問大雄，「你呢？你又有什麼晚睡的原因呢？」

「我……想跟至杰敘舊啊！」平日不善辭令的大雄，道理鏗鏘地道，「而且，我明天不用上課，不用早起。」

「哦——那麼，我們一起聊聊吧！」

難得大雄在這兒遇上舊朋友，對有社交問題的他來說，絕對是好事。

「海哥，你女朋友很漂亮呢！」

偉信出其不意的一句話，把如海殺個措手不及。

「咦！偉信……你怎會知道我有女朋友？」如海吃吃笑着問。

「林姑娘剛才來過見我，跟我談關於焰兒的事。那時，你在吃飯嘛！」

「是誰告訴你，林姑娘是我的女朋友？」如海好奇問道。

「我不方便公開透露者姓名！」偉信微微一笑道，「總之，我覺得你們兩人由內至外都『襯到絕』！你們有同樣的職業，工作地點又相連，思想又相近，說話也很有說服力，簡直是天造地設的一對！」

「是林姑娘叫你這樣說的嗎？」如海打趣問他。

「不！這純粹是我自己的感覺！林姑娘沒有『教唆』我！」偉信澄清一番，又問道，「海哥，若果你跟林姑娘結婚，你會請我們去喝喜酒嗎？」

「以後再說吧！」如海尷尬地以這一句話打圓場，「咦？電視播放新聞報道了，我今天還未看新聞呢！」

畫面中的新聞女主播，以輕鬆的語調報道下一宗外國新聞。

「住在美國洛杉磯的七歲男童卡洛斯，最近成為小英雄。我們一起去看看這小朋友如何搖身一變成為小英雄吧！

「三月九日早上，三名持槍匪徒闖進卡洛斯的家，用槍指嚇他的父母。

「卡洛斯臨危不亂，拉着六歲的妹妹走進洗手間，反鎖後馬上撥『九一一』報警，清楚地道出事件。

「在報警之際，匪徒破門而入，衝進洗手間去，抓住卡洛斯，問他給誰打電話。他回道：『我打九一一！』三名匪徒嚇得急急逃跑。卡洛斯一家平安無恙，亦沒有財物損失。

「卡洛斯因而成為國際聞名的小英雄，警方還高調地頒發獎狀以表揚他。警方發言人說：『如果不是這個七歲男孩勇敢懂事的行為，事件可能以悲劇結束。』」

當女主播轉談其他新聞時，森美微笑道：「其實，我小時候也曾試過報警。不過，我報警的年紀比那美國男孩大。」

大家注視着他，期待他續説下去。

「我十一歲那年，曾在街上目睹一輛汽車撞倒一個女途人，司機事後不顧而去。我立刻取出原子筆，在手心寫下其車牌號碼。那時是清晨六時，街上沒有什麼人，當時我沒有手機，附近又沒有營業中的店舖，幸好遇上一個菲籍女傭，便借她的手機報警。

「那傷者傷勢不太嚴重，住院兩個星期便出院。警方後來拘捕了那肇事司機，而我就獲嘉許，還上了電視的少年警訊節目！」

「森美哥，你可有把節目錄製下來呢？」偉信問他。

「當然有！但可惜的是，錄製了那節目的錄影帶給卡在錄影機裏，結果給我媽媽弄斷了！」

「不要緊！訪問錄影沒有了，但你的英勇事蹟留在記憶裏，是永遠不能磨滅的！」如海微笑道。

「海哥就是有這樣的能力，簡單幾句話便能令人心中的鬱悶釋除！」森美笑笑，站起來道，「我去洗澡啦！你們繼續談吧！」

當女主播還在輕鬆地報道其他新聞的時候，偉信忽然道：「其實，我小時候也曾報警！」

「是嗎？是什麼時候的事呢？」如海問道。

偉信頓了一頓，才道出他的故事。

偉信自出娘胎便與婆婆及比他大三年的哥哥同住，直至他九歲那年，婆婆去世，他們才正式跟媽媽生活。

對他們兩兄弟來說，爸爸媽媽是陌生人。

爸爸是從沒見過的，連一張相片也沒有。不是沒有問過，而是總沒有人回答，於是索性不問了。

媽媽呢，以往是一年才見一、兩次。見面時，她只會狠狠地抽煙，不大跟他們說話。即使三母子同住在一起了，情況依舊。

媽媽跟他們異常疏離，他們兩兄弟恍如一對陌生的租客，只是，他們不用付租金。

媽媽跟他們說，她在便利店工作，夜間當值。不過，每晚她都打扮得花枝招展才離開。翌日，兄弟倆下課回家，她多半還是賴在牀上，衣服未換，濃妝未卸，偶爾，連高跟鞋也未脫。

晚飯呢，當然也未煮。

兄弟倆雖然回到媽媽的家，實際上還是沒有得到照顧。

晚上，兩人吃完杯麵，草草完成了功課，沒事可做，便溜到街上玩。

他們很快便與其他邨童混熟，幾乎每個晚上都聯群結黨在邨內玩，在屋邨後樓梯「煲煙」，深夜故意在走廊追逐叫囂，有時更會惡意騷擾夜歸的居民。

兄弟倆在公園玩的時候，有外展社工來跟他們談天。後來，偉信和哥哥隨他去了一間青年宿舍，住了差不多兩個月，兩人開始培養到正常的生活習慣。在媽媽生日那天，社工給他們兩天假期，把他們送回家，好讓他們和媽媽慶祝生日。

媽媽原本說了會在中午回家，可是，他們一直等至晚上，仍未見媽媽的蹤影。

差不多十時，媽媽才回來。

她一身濃烈的酒氣，瘋瘋癲癲似的說了一大堆難明的話，又把他們買給她的蛋糕，一手掃到地上去。兄弟倆不知所措，正想致電社工告知情況，媽媽突然發狂似的衝到窗前，推開兩扇窗，作勢要跳下去。

偉信見狀，已來不及驚慌，立刻飛撲上前死命抓着媽媽的腿，偉信的哥哥丟下手中的電話，衝上去，兩手環着媽媽的腰。

「媽媽，不要死呀！」九歲的偉信，雖然與媽媽沒有什麼感情可言，但到了最危急的關頭，他還是喊出了一句心底話。

「走開呀！放開我呀！快放開我——我不想做人了——」媽媽歇斯底里地叫喊起來，還又打又踢，要擺脱他們的拉扯。

偉信感覺到媽媽是不會軟化下來的了，而兄弟倆的體力實在有限，遂想到要召救兵。他勉強騰出一隻手來，拾起地上的電話，飛快地撥了一個電話號碼——「九九九」。

就在電話接通後，他以三秒左右説了以下的話：「我媽媽要自殺，快來救命！

長勝邨十三座九樓十五室！」

然後，偉信的右臉頰被掙扎中的媽媽擊中了，痛得他「呀」的大叫起來。但他知道，只要堅持多一會兒，警員便會到來接力，替他們把媽媽扯回來。

「結果怎樣呢？」至杰問道。

「結果消防員來了。我們不敢放手去開門，他們要破門而入。我媽媽一看到消防員，情緒更是失控，高聲大叫，用指甲抓他們。其中一個拉着她手腳的消防員，被她狠狠咬了一口，差點連手腕的皮也給扯脫，滾滾的鮮血流淌到地板上，給眾人踏得化成一朵大花。

「後來，警員到來，把我和哥哥帶走。離開前，我回頭一望，只見媽媽已被制服，就躺在那朵大血花旁邊。在她腳旁有另一朵花，就是我們家的窗花，最後給媽媽硬扯了下來，斷裂了，躺在一旁。

「平日幾乎不會哭的我，看到這個畫面，竟然按捺不住，淚水流滿一臉。

「帶着我和哥哥離開的警員，看到我哭起來，便問道：『剛才報警的是你還是你哥哥？』

「我回答是我，他便微笑稱讚我道：『你年紀那麼小，便懂得在遇到危急事件時要報警求助，很厲害呢！今晚你和你哥哥救回你媽媽，你們該感到很自豪才是！』

「我那時絕少被人讚賞，當晚竟然有人稱讚我，還要是威武的警員！我真的覺得自己很棒。

「可是，當我們之後到醫院探望媽媽時，她只是冷冷地盯着我問：『你們怎麼不讓我跳下去？』」

如海心裏一酸，強忍着問他：「你當時有回應她嗎？」

偉信苦笑道：「有。我跟她說：『我不想變成孤兒！』然後，媽媽閉上眼睛，把手臂擱在額上，負氣地回了一句：『我根本就不想有你們！』」

如海冷不防偉信媽媽的回應比之前那句刺得更痛，只好道：「你媽媽當時應該是被自身問題煩擾着，才會衝口而出，說了這樣的話。她——」

「海哥，你不用安慰我了！帶我們探望媽媽的社工當時已輔導了我們。而且，我跟媽媽斷斷續續也相處了好幾年，我很了解她的為人。

「她情緒穩定的時候，會為我和哥哥煮四餸一湯的晚飯。如果她記得我們生日的話，會給我們生日利是。只是，她情緒多數都不穩定。我——早已習慣了。」

如海正想說些什麼，偉信又道：「補充一件事——我和那位稱讚我年紀小小便懂得報警的警員甚有緣！

「我小五那年，學校舉行交通安全講座，主講嘉賓正是他。事隔半年後重遇，他居然還記得我，更在老師面前稱讚我！

「以前我當『小夜青』時，曾經打人和偷竊，但在這警員兩度稱讚後，我便決定不再犯事。」

「看來，報警一事帶出了很正面的影響啊！」如海嘗試以「積極」一面去看「偉信媽媽企跳事件」。

「說到報警，我也有這經驗，而且是比偉信和那美國男孩更小的時候報警。」一直沒有發言的至杰平靜地道。

一眾的目光旋即轉到他身上。

至杰淡淡一笑，開始道出他的「報警故事」。跟偉信有點不同，至杰自出娘胎便與父母同住。只是，爸爸在至杰剛兩歲時便拋棄了他和剛剛分娩的媽媽，自行再組織家庭。

年紀漸長的至杰，開始意識到自己的家庭不完整。升上小一，他眼見同學有爸爸來接放學，遂問媽媽：「我的爸爸呢？我想爸爸來接放學啊！」

媽媽只能道：「你爸爸已走了，你是沒有爸爸的。」

至杰還是不太明白為何人人都有爸爸，唯獨是他沒有。六歲的小腦袋轉呀轉，怎也想不通。

日間，他會獨自坐在一角發呆，靜靜地扯自己的頭髮。

晚上，媽媽會聽到至杰的房間傳來「砰、砰、砰」的響聲。她走進去察看，驚見至杰在使勁地把自己的頭撞向牆，撞得額頭一大片瘀腫。

兩天後，媽媽不知在哪兒把爸爸找回來，還讓至杰如願以償，有爸爸到校接放學。

可是，他的爸爸並不如同學的爸爸般親切和藹。爸爸只會板着臉，悶聲不響的拉着他的手往前走，不會主動替他挽起沉重的書包，更別説嘘寒問暖。

這片突如其來的「溫情」，至杰只覺有點格格不入。爸爸該是這副樣子的嗎？怎麼自己的爸爸這麼不同？爸爸之前四年，究竟往哪兒去了？為什麼不與他們在一起？

至杰想問，但見到爸爸嚴肅冰冷的臉，還是把問題「咚」的吞回肚裏。

就在他往浴室洗澡的十來分鐘裏，他聽到外面傳來吵架聲，並且愈來愈激烈。從浴室出來時，至杰見到的情景令他目瞪口呆。

健碩粗獷的爸爸雙手推着媽媽的肩膊，要把她按到牆上去。媽媽掙扎着高聲呼叫，抓着爸爸的手，指甲深深陷進爸爸手臂的肉裏。四歲的弟弟至雲嚇得蹲在地上，哭得涕淚漣漣。

「杰！快報警！」媽媽瞄到站在浴室旁的至杰，馬上高聲道。

媽媽一聲令下，志杰旋即衝到沙發旁邊的電話座，拿起電話，撥了「九九九」——

一個從電視劇學到的報警號碼。

「喂，報案中心，請問有什麼可以幫你？」電話那端問道。

「我爸爸和……我媽媽現正在……在家裏打架呀！你們可不可以馬上派警員來？」至杰竭力鎮定下來，向接線生道出事件。

「小朋友，你住在哪兒？麻煩你告訴我！」

對方該是聽到對話以外的打鬥聲，立刻便斷定這聲音稚嫩的報案者並非惡作劇者。

「我住在……」至杰馬上把地址告訴對方。

放下電話，至杰靜靜地走過去弟弟身邊，把他拉到一角。

爸爸媽媽還在鬥個你死我活，由客廳的一邊打至另一邊，勝負難分。

弟弟還在哭，而且愈哭愈厲害。至杰把他擁着，垂下頭，不願再看眼前不該發生的一幕。

「由那天開始，我便明白——我的家不是個安穩的地方，我得盡快學習獨立，以照顧自己和弟弟。」

至杰道出了他的「報警故事」，亦是他被迫「立即長大」的原因。

「高小開始，我便儲起丁點零用錢，是一元幾毫這樣儲，一直儲到現在，就是我放在那鐵盒裏的一千二百元。

「那是我的儲備金。若有任何突發事件發生，沒有人照顧我們的話，便可以用那筆錢來應急。不過，」至杰微垂下頭，苦笑道，「辛苦儲了好幾年的錢，突然沒有了。我要多點時間才能完全接受事實。」

「你願意嘗試逐步接受事實，是好事啊！」如海道，「錢財始終是身外物，沒有了，不用耿耿於懷。將來你有工作能力，自然能夠賺取金錢，自給自足，會為你帶來很大的滿足感。」

「明白了，海哥！」志杰笑道，「謝謝你！」

7

《Last Christmas》

梳洗過了，晚間新聞也看完了，方妮還未有睡意。

她開了電腦，本想查閱電郵，忽然靈機一觸，上網翻查舊歌。

偉信和炤兒，去年聖誕節前兩天，在商場為了聽一首歌而相遇，之後開始交往。

那首歌叫《Last Christmas》，是八十年代英國樂隊「Wham」的歌曲。

該是媽媽少女年代的流行曲吧！

方妮這「八十後」女孩當然聞所未聞。

找到了。

果然是八十年代的經典金曲，還有MV看呢！

方妮按了播放鍵，電腦熒幕呈現一片白茫茫的浪漫雪景。一群年輕人登上纜車，朝雪地的小木屋進發，要在此處度過一個難忘的聖誕。

擴音器傳出樂隊主音George Michael年輕而磁性的歌聲：

「Last Christmas I gave you my heart
But the very next day you gave it away
This year to save me from tears
I'll give it to someone special⋯」

歌詞大概是説：去年我把心奉上，但你卻沒有珍惜。今年，我不要再傷心流淚了，我會把心獻給一個「特別的人」。

偉信和炤兒乃「九十後」的孩子，偉信是偶爾聽到這首歌，自自然然地喜歡上了。為尋找歌曲來源，才走到那店鋪，跟炤兒遇上。炤兒呢？她又為何會愛上這首歌？

她對偉信説：「很久沒有再聽到了。剛才遠遠聽到，禁不住要走進來⋯⋯」

她也是因為偶爾聽到，便喜歡上了？還是——有其他特別原因？

電話鈴聲突然響起，方妮立刻接聽了。

是身在英國探親的媽媽！

「媽媽！怎樣呀？見到四姨了吧！她好嗎？」方妮雀躍地問道。

「她很好，比幾年前我見她時胖得多了。我跟她正在享受afternoon tea！今天一整天都在參觀Cambridge（劍橋），真想留下來修讀一、兩個course，做個超齡留學生！」媽媽愉快地道。

方妮媽媽小時喪父，度過艱苦的童年。後來有事業、有婚姻，卻年輕喪夫，要獨力照顧當時只有一歲半大的方妮。三十三歲便守寡的媽媽，努力進修、工作、積極生活，為女兒樹立了一個良好榜樣——遇到逆境，勇敢面對，不會着眼於自己失去的、欠缺的東西，而會珍惜擁有的，為自己和女兒創造更好的未來。

雖然在單親家庭成長，但方妮從未感到自己有缺失。人丁單薄的家，卻滿載幸福。

「媽媽，你忘了嗎？你說我已經工作了，你可以提早退休，享受生活。做留學生這主意不錯啊！讀書是沒有年齡限制的，媽媽你想做就去做吧！不用擔心我。」

「我會考慮一下，」媽媽回道，又問，「咦？怎麼你會在家聽『老餅歌』？」

「媽媽，你聽過這首歌嗎？」方妮禁不住要問。

「《Last Christmas》嘛！那年聖誕，我跟你爸爸拍拖，去Disco玩時，每次都聽到這首歌，可說是我們的『訂情歌』。他離開了以後，我偶爾會播些舊歌，一邊聽，一邊懷念他。這首《Last Christmas》是播得最多的。」

「是嗎？媽媽你以前經常播這首歌？怎麼我對它印象全無呢？」方妮不解地問道。

「因為我每次都是在你入睡後，夜闌人靜時才在我的房間聽，你對這首歌當然不會有印象，」媽媽道，「好了！我致電給你只是想報個平安，又想聽聽你的聲音。

我們就談到這兒吧！今晚我的節目很豐富呢！我會跟你四姨一家和他們的朋友吃法國菜，然後一起去劇院看音樂劇《Love Never Dies》！」

「《Love Never Dies》？《Phantom》（歌聲魅影）的續集！呀——我真的想立刻去英國跟你一起看啊！」方妮好不羨慕地道。

「哈哈！你在香港努力工作吧！下次我致電你，會跟你談談觀後感。Bye Bye！Take care！」

媽媽掛斷了電話，方妮一下子便返回現實。電腦的一首《Last Christmas》已播至尾聲了。

「Now I've found a real love you'll never fool me again…」

（現在我已覓到真愛了，你不能再次愚弄我……）

炤兒這個花樣少女，怎會對這首歌情有獨鍾呢？這首歌的歌詞，可會是她的心聲？

8

大雄的秘密

「大雄，你刷了牙沒有？」睡覺前，如海問他道。

大雄點了點頭，把牀頭燈關掉，跳到牀上，雙腳踏在牀尾早已摺好的被子上。

如海禁不住走上前把被子拉上，替他蓋好。原本背向他的大雄猛地轉過身來，驚訝地瞪着他。

「晚上天氣較冷，要蓋好被子，以免着涼。」如海坐在他的牀邊，微笑道。

大雄沒有說些什麼，只是抿着唇，用兩隻沒有神的大眼看着他。

「至杰來了男中心，你在這兒多了一個朋友，開心嗎？」如海乘機問他道。

「嗯。」大雄輕聲回道。

「你跟他同月同日生日，日後可以一起在中心慶祝啊！」如海提議道。

「嗯。」大雄的表情依舊木然。

「已經很晚了！我不打擾你休息啦！」

如海正想離去之際，大雄卻道：「其實……我也曾經撥電『九九九』！」

「是嗎？」如海對大雄突然的主動很是意外，「是什麼時候的事？」

「約莫三年前。」

「是因為什麼事情呢？」如海試着問他道。

大雄咬咬下唇，道：「我爸爸——他——」

他有點吞吐，泛青的臉呈現微紅。

「大雄，不要緊！若果你未準備好，可以日後才告訴我！」如海道。

大雄搖搖頭，斷斷續續地道：「我本想剛才，在大家面前……就說出來，但，還是……不敢，我……想只是告訴你一個。」

大雄躺在牀上，吸了一大口氣，開始述說他的故事。

記憶中，大雄與媽媽在廣州生活的八年，是無憂無慮的。雖然只有兩口子，生活窮困，但媽媽還是把最好的留給他，還讓他上學讀書。

一天，媽媽突然跟他說：「阿雄，我們要到香港去，跟你爸爸團聚！」

「香港」和「爸爸」，對大雄來說，是兩個已知但陌生的名詞。

人人都有爸爸，唯獨是他沒有。不過，他覺得有媽媽已很足夠，並不太介懷有沒有爸爸這回事。但原來他也有個爸爸，而且還在一個叫「香港」的地方等着他們。

聽說，香港是個繁華先進的都市，更是個美食和購物天堂呢。

在乘火車前往香港的途中，大雄憧憬着一個色彩繽紛的地方，到處都有各式食物的香味和香港人親切的笑臉，而最親切的一張臉孔，該是爸爸的了。

現實與想像是截然不同的。

香港的火車站人頭湧湧，說廣東話、普通話、上海話的都有。這麼多的人，匆匆忙忙的在他身邊左右擦過，就是沒有爸爸的蹤影。

媽媽和他拿着地址，問了許多人，轉了幾次車，才到了他們的家。

母子倆爬上一棟唐樓的七樓，爸爸就在這個狹窄的二百多呎小單位裏喝酒，喝得滿臉通紅，渾身酒氣。

大雄縮在媽媽身後，打量這個虎背熊腰、跟自己相貌完全不相像的男人，並在媽媽又迫又哄之下，不情願地喚了他一聲「爸」，就這樣開始了自己和他一段不一樣的父子關係。

大雄和媽媽來港第二天便被打。

那是大雄有生以來第一次被痛打，還是無故被打。

媽媽替他搽藥油時，叫他忍耐一下。可是，忍耐並不能解決問題。

當地盤散工的爸爸，酗酒次數比上班次數更多，醉酒後毒打他們的力度也一次比一次厲害。

大雄覺得真的不能忍受了，多次央求媽媽帶他回廣州，媽媽卻哭着跟他說：

「路，是不能往回走的了。」

一向聽命的大雄，無可奈何地留在香港。每天上課，下課，回家，捱罵或是捱打。

日子一天一天過去，直至有一天，媽媽失蹤了。她早上送大雄上學後，便沒有再回家。

當晚，大雄問爸爸，媽媽往哪裏去了，他支吾以對。大雄擔憂地再問：「要不要報警？」

爸爸拒絕了，並說媽媽是因急事返回廣州。

沒有了媽媽，沒有了慰藉和依靠，大雄的日子更難過。

對面單位新搬來的嬸嬸，聽到大雄家傳出猛烈的撞擊聲和他的哭喊聲，曾兩度報警。不過，警員兩次上門調查，都只是警誡大雄爸爸便了事。

「那個始終是你的爸爸，而且他似乎有明顯悔意。既然是一家人，忍讓一下就是了。」

警員安撫了他一下，便離去了。

雖然報警的不是他，但爸爸還是遷怒於他，用鐵鏈鎖他在廁所旁整整一日一夜，直至他要上學才開鎖。

當天下課回家途中，大雄遇上一巡邏警員。他的心隨即怦怦亂跳，有個聲音在他耳邊跟他說：「報警吧！把那『衰人』收監！」但聲音消失後，他還是木然地站着，讓那巡邏警員在他身邊走過，遠去了。

兩個月後的一個星期天下午，發生了這樣的一件事。

那天，爸爸外出回來，筆直往浴室走去。大雄駭然發現，爸爸脱下來的衣物染有血漬！當晚，一向吝嗇的爸爸買了燒肉、燒鵝和白蘭地，還心情大好地叫大雄跟他同枱吃晚飯。飯後，半醉的爸爸更把他背囊裏的東西取出跟他分享，那竟然是珍珠項鏈、鑽石和幾隻名貴手錶！

「我還記得，爸爸被警員逮捕那天，是十二月二十四日平安夜那天。

「一隊便衣警員衝上我的家，在家中搜出那批名貴物品，然後以手銬鎖着爸爸的手，把他帶走。

「我也被一個女警帶着離開。當時，我問她：『我的媽媽在廣州，我可不可以回到媽媽身邊，以後都跟她一起住？』那女警微笑着回道：『可以！我們會替你聯絡她。』

「可是，他們找不到我媽媽。據廣州的鄰居説，她根本沒有回過廣州。她究竟往哪兒去了，沒有人知道。

「我還以為，爸爸坐牢，我便可以和媽媽重過以前的生活。怎知……」

「大雄，很多事情是我們沒法預計的！」如海輕握他的肩膀道。

「有同學說，我媽媽準是給我爸爸殺了，屍體被藏起來，永遠也不會找得到！」

「這只是同學的猜測而已。」如海只能這樣道。

「若果我媽媽仍然在世，為何她不來把我接走？」大雄眉頭緊皺，追問道，「我一直在等她，她卻沒有現身！我真的以為，媽媽是怕了給爸爸虐打才離開。爸爸一被逮捕，媽媽就會回來。我的確是這麼想。所以，我才決定報警，舉報我爸爸。」

「是你自己報警的？」如海有點震驚，但仍裝作鎮定地問。

「是呀。後來我從報章報道中得知，某個高尚住宅區的兩戶人家被人強行入屋行劫，被劫去一批珠寶首飾及現金，其中一個女戶主還被打傷及性侵犯。案發的時間，正是爸爸外出的時間呢！還有那……那些血漬，那些來歷不明的首飾、名錶……這一切都令我懷疑，爸爸與此案件有關係。所以，我致電『九九九』舉報他，」大雄猶豫了片刻，問道，「海哥，換了是你，你……會怎樣做呢？」

換了是他，他會怎樣做？

在他的人生字典裏，「爸爸」是個陌生的詞語。或許是這個原因，他無法即時回應大雄的問題。

正義與親情，往往是最難取捨的。

換了是他，他會怎樣做？

「我相信我做的會跟你一樣，有同樣的抉擇！」如海最後説出了這個答案。

大雄微微一笑，那是個安心、平靜的笑容。

「那就好了，」他回道，「我從沒跟別人提起過這事。我——只想跟你分享秘密。唔，我累了。晚安，海哥！」

9

不請自來

「談先生，早安！」

坐在接待處的方妮站起來，跟剛回到辦公室的談先生打招呼。

「咦？林姑娘，你——」

萬料不到這早上會在自己的辦公室見到方妮，談先生非常愕然。

「對不起，我沒有預早跟你約時間，便擅自跑上你的辦公室，」方妮致歉道，「我是因為有重要事情想與你商討，才不請自來。」

「好吧！我們進去談談。」談先生匆匆把方妮帶進他的房間。

「林姑娘，炤兒出了事嗎？」門剛關上，談先生神色凝重地問。

「昨天，炤兒跟我說，希望入住長期宿舍，」方妮直接跟他道，「她坦言不想再回家住。」

「不想回家？為什麼不想回家？我們全家人天天等着她回去，幹什麼她不願回來？難道是她那個男朋友慫恿她的嗎？」談先生一想到這個他不太認識的「他」，怒不可遏地道，「若是的話，我不會放過他！」

「談先生，炤兒的男朋友並沒有慫恿她做任何事。就算他們都申請入住長期宿舍，入住同一宿舍的機會亦不大，」方妮解釋道，「炤兒是自己作出這個決定的。」

「為什麼呢？她不適應與媽媽和弟弟同住，就想到要離開我們？這實在太傻了！」談先生嘆道。

「不！她不是因為與媽媽和弟弟的相處問題而想離家。」

「若不是因為這個原因，又是為什麼呢？」談先生反問道。

「我不知道，炤兒不肯透露。不過，談先生，請你不要介意我這樣説，我覺得，炤兒不願意回家，可能是因為你的緣故。」方妮大着膽子道。

「是因為我？」談先生驟然變色，覺得被冒犯了，續道，「林姑娘，你這是什麼意思？我是炤兒爸爸，炤兒自小便跟我一起生活，我身兼母職照顧她十多年，父女感情深厚，相處時，無所不談，如同朋友般。試問她怎會因為我而不想回家？林姑娘，你這猜測是否太荒謬？」

「談先生，我並非質疑你對炤兒的關懷和愛護不足夠，相反，我覺得你和炤兒之間的父女關係密切得令人羨慕。就是因為這樣，炤兒覺得媽媽和弟弟是一對入侵者，突然加入這個家，硬要跟她『分享』她獨霸已久的爸爸。

「炤兒是聰明人，她一定留意到你愈來愈關心分別已久的妻子——一個她並不重視，甚至可以說有點輕視的女人。她感覺到自己跟你愈來愈疏遠，她已從昔日那令人羨慕的密切父女關係中被排擠出來。」

「唉——炤兒這個傻女……大家是一家人嘛！一家人，不該諸多計較，我們好不容易才一家團聚，享受天倫之樂，不過半年左右，她便開始不願回家了。我和她媽媽都疼愛她，視她如珠如寶。她——真是身在福中不知福……」談先生禁不住怨聲載道，末了，他問道，「林姑娘，我可不可以去啟明社探望炤兒？我想我們兩父女該好好談一談才是！」

「這個提議很好呢！」方妮微微一笑道，「你親自來女中心探望炤兒，她會覺得你重視她、關心她。你想在什麼時候到來呢？」

「我一會兒要上深圳……」談先生打開記事簿，查閱過後，抬起頭回道，「明天我回港後再給你電話，約定一個時間去探望她。」

「好啊！明天我們沒有特別活動，」方妮點了點頭道，「我想我們要令炤兒明白，在一個互相尊重、互相愛護的家庭裏，什麼問題都會有解決方法。最重要的是大家坦誠相對，並有解決問題的決心！」

方妮真的相信，大家坦誠相對，問題必定會有解決的一天。但她還未知道的是，炤兒的問題比她想像的複雜得多。

10

我是「老餅」

下午二時，如海接到一個電話。

「喂，請問誰曾致電XXXX5841？」

是個男孩子的聲音。

「請你等一等！」如海立刻翻查備忘。

這個號碼是他三天前曾致電的，而號碼的主人，就是王偉信的哥哥——王中信。

「是我曾致電你，」如海回道，「我是啟明社的社工吳如海。你弟弟偉信現正在啟明社暫住，因為我早前未能聯絡上你們的媽媽，故我致電你的手機——」

「啊！我去了內地工作，所以未能接聽電話，」中信平靜地問道，「偉信為什麼會入住了啟明社？」

「他是因為深夜在街上流連，被我們的外展社工發現，帶了回來暫住。」如海解釋道。

「我——去年開始已搬到外面居住，並不常回家。不過，我很清楚我媽媽的為人，她不是一個會對子女噓寒問暖、關懷備至的媽媽。以前不是，現在不是，將來也未必會是。賭博對她來說，比一切都重要。我搬走前，曾跟偉信說過，若有任何困難，可以找我幫忙。不過，我這個弟弟就是不愛麻煩別人，就算有解決不了的問題，他都不會向人求助，」中信嘆了口氣，問道，「他這次在街上流連，是因為我媽媽又借了財務公司的錢吧！」

「是呀，」如海回道，「偉信覺得家不是個安全的地方，寧願選擇走到街上去。雖然我暫時未能約見你媽媽，商討偉信的情況，但我想問一問你，若果偉信不想回家跟媽媽同住，你可有能力照顧他嗎？」

「恐怕我有心無力了，」中信道，「我現在與幾個朋友分租一個小單位，而且，我收入不高，只能維持自己的生活，沒有可能照顧偉信。」

「啊，不要緊！我只是問問罷了。若果有需要，我們會安排偉信入住長期宿舍。」

「那麼，麻煩你們了。」中信釋然地道。

「偉信會在這兒住一段時間，若你可以的話，來啟明社探望一下他吧！我們的地址是……」

「好，我有時間的話，一定會去探望他。」中信回道。

＊＊＊＊＊＊＊＊＊＊

「謝謝你賞面來跟我吃午飯啊！」方妮跟剛坐到她面前的如海笑道。

「林小姐主動約我，我怎敢不赴約呢？」如海打趣道，「你點了菜沒有？」

「早已點了，亦為你點了。」方妮笑笑回道。

「你連我想吃什麼也知道？我們真是心靈相通啊！」如海驚道。

「嘻嘻，其實是我記性好。上次你跟我吃日本菜時，說過下次想吃燒牛肉定食，所以我剛才替你點了。」方妮托着頭，瞇着眼睛，甜甜地道。

「是嗎？我已經忘了自己曾這樣說過，」如海抓抓頭，茫然地道，「看來我患了早期的老人癡呆症了！」

「你不是患了老人癡呆症！你只是投入工作，腦子不停想着案主，而沒有任何位置儲存工作以外的東西。」方妮喝了一口綠茶，有點無奈地道。

「不！我還記得你！無論怎樣忙，怎樣多問題要處理，我也一定不會忘了你，亦肯定不會忘了與你的約會。」如海握着她的手，以拇指輕撫她的手背道。

「你今早處理了什麼個案？」方妮問他。

工作天的約會，還是問他關於工作的事吧！他會說得更投入。

果然。

「今早我接了一通電話，是王偉信的哥哥王中信的來電。據我所知，中信兩年前中五畢業便工作，去年搬出去住。他的經濟能力有限，不能照顧偉信。我已替偉信申請入住路加宿舍，那是最接近他學校的長期宿舍。負責人說最快下月初會有宿位。偉信很懂事，他說已準備好隨時入住長期宿舍，他也想有個安穩的居住地方，讓他可以專心讀書……」

談到自己的「囝囝」，如海雙眼發光，愈說愈起勁，不自覺的說個沒完沒了。

「我們要先吃東西了，否則一會兒趕不及二時正上班！」方妮打斷了他的話，拿起面前的一對木筷子，「嚓」的把它們一分為二，然後開始吃飯。

如海這才察覺到，食物早已在他滔滔不絕地談論「囝囝」時端了上來。他看看腕錶，已是一時二十八分了。

「你呢？今早不用上班，你做了些什麼？」如海吃了一塊甘香的燒牛肉後，問方妮道。

「我跟你一樣，不用工作的時候還是在工作，」方妮以紙巾抹了抹沾在嘴角的點點醬汁，笑道，「我大清早便走上炤兒爸爸的公司找他傾談。」

「吓？你家訪還不夠，還要進行『公司訪』？」如海瞪着眼睛問道。

「我只想跟談先生澄清一件事。根據我的理解，炤兒不願再回家的主要原因，並不在於她跟媽媽和弟弟的相處問題，而是妒忌心作祟，」方妮放下木筷，換上一副嚴肅的樣子，續道，「新生的弟妹被帶回家，年紀小小的哥哥姐姐不多不少都會妒忌弟妹被爸媽寵愛，抱怨弟妹霸佔了爸媽的愛。

「炤兒的情況也差不多。過了十多年『獨佔』爸爸的生活，突然被迫要與兩個感情淡薄的家人『分享』爸爸，她當然是一百個不願意。既然沒法『擺脫』他們，又不能改變現狀，炤兒便以行動表示不滿，晚晚不歸家，甚至表明不願再住在家裏。」

如海想了一想，問道：「你會約談先生來中心面談嗎？」

「早已約妥了。明晚他會來到中心，我會安排他跟炤兒面談，讓父女倆互道心聲，我亦有機會作出調解。」

「我相信這會是個最佳方法，」如海點點頭，又問道，「昨晚，你來男中心跟偉信傾談，對處理炤兒的個案有否幫助？」

「嗯，」方妮沉思了一會兒，才道，「他的話令我確定了一點。」

「是什麼呢？」如海問道。

「炤兒面對男朋友，也隱藏了最深的感覺。偉信以為炤兒願意陪伴他半夜流連街頭的原因，純粹是對媽媽和弟弟『回歸家庭』的不適應，她並沒有向他透露她那暗藏心底的嫉妒，」方妮嘗試分析道，「不過，我也明白，向男朋友講及自己對爸爸的『戀父情意結』？絕少女孩子會這樣做。」

「這是人之常情，」如海感慨地道，「我聽偉信說，他跟炤兒拍拖，只有數個月罷了。他們好像是去年才開始拍拖的。」

「這個我知道啊！」方妮瞇起雙眼，皺起鼻子，鬼馬地道，「昨天，我問偉信，他和炤兒是什麼時候開始拍拖的，他告訴我，是去年十二月二十三日，兩人在商場因為一首歌而相遇，就是這首歌，把他們拉在一起。」

「是嗎？我很有興趣知道那首是什麼歌呢！」如海興致勃勃地道。

「那未必是你認識的歌啊！因為那首是八十年代的流行歌。」方妮回道。

「不要緊！我是『老餅』，什麼年代的流行歌，我都略知一二，」如海追問道，「究竟歌名是什麼？」

「《Last Christmas》！」

「《Last Christmas》？唔……我肯定曾經聽過，但忘了在什麼時候聽了，」如海皺起眉頭細想了好一會兒，又道，「待我記起了後，再告訴你吧！」

11

你是誰

「Christopher，我想在下星期日舉辦生日會。」如海跟職員 Christopher 道。

「下星期日，即是四月二十九日？」Christopher 看看牆上的活動時間表，續道，「那天下午有一個活動——游泳同樂日啊！」

「那個活動在附近泳池舉行，四時便完結。游泳後，人們通常都會既餓且渴，一回來便參加生日會，大吃大喝，他們一定很開心。」如海道。

「你說得對，就在當天舉行生日會吧！」Christopher 笑笑，隨口問道，「壽星仔是誰呢？」

「壽星仔有兩個——一個是新來的至杰，另一個就是大雄了。」

「大雄？你想替大雄舉辦生日會？」Christopher 猛地抬起頭，瞪眼問道。

「是呀！大雄和至杰是相識已久的好友，碰巧同月同日生日，這麼有緣分，何不為他們舉行生日會，高興一下呢？」如海反問道。

「你的出發點當然好。不過，我們說的是大雄啊！數天前，他在乒乓球大賽中所做的事，大家仍記憶猶新，」Christopher一臉擔憂地道，「那麼快又再舉辦活動，還要以他為主角，不怕他再受點刺激，又重施故技嗎？其他男生又怎麼會那麼快就重新接受他，樂意參加他的生日會呢？」

「我跟大雄談過了。他想在這兒繼續住，亦答允會努力達到我提出的兩個要求：一、控制自己的情緒，在任何情況下，都要忍耐。二、向身邊的人表示友善、關懷，嘗試修補與大家的關係。直至目前為止，我覺得大雄的確有盡力改善，」如海回道，「那夜飯後，我亦已跟大夥兒分享了我自己的故事，期望他們有所啟發，學習體諒和包容他人。況且，生日會主角不是只有大雄一個，還有至杰呢！至杰成熟世故，待人接物儼如成年人，我相信他很快便會與其他男孩子建立友誼。所以，為他們舉行生日會，我不太擔心會搞砸！」

「嗯。既然你已周詳考慮過，好吧！我會放心去辦的了，」Christopher 笑道，「展華在外面不停向我招手，我先出去看看他。」

Christopher 離開辦公室後，如海返回自己的座位，拿起電話，撥了那個熟悉得可以背出來的號碼。

這兩天，他嘗試撥電近二十次，但都不成功，今天，電話終於接通了。

「喂，請問你是袁美媚女士嗎？」如海問道。

一條簡單的是非題，對方沒有正面回答，只是小心翼翼地問道：「你是誰？」

「我是啟明社的社工吳如海。你的兒子至杰和至雲，現正在我們的男宿舍暫住。中心規定，孩子在宿舍暫住，要家長同意才可以。所以，我想請你來啟明社一趟，簽署同意書，順道跟我和孩子們面談。不知道你什麼時間方便呢？」如海問她道。

那邊廂，背景盡是「街道的聲音」，有的是交通燈快要轉燈前發出的「咖咖」聲，有的是路上行人邊談笑邊走過的聲音，有的是街舖做推廣的宣傳錄音……就是沒有至杰媽媽的回應。

「袁女士，請問你方便來啟明社嗎？」如海再問。

「你們的地址……先給我吧！」她還是沒有直接回應。

「我們的地址是……」說畢，如海仍然要問這一句，「你何時會來呢？」

「我可以來的時候，自會通知你！」至杰媽媽拋下這句話，便掛線了。

跟偉信媽媽一樣，至杰媽媽也是因為一個「賭」字，以致母子分離。

這兩個已經破碎的家，可會有「復合」的一天呢？兩對兄弟，能否有機會再一嚐母愛的滋味？

****

晚上七時正。

已是晚飯時間了，炤兒還未回來。

今早出門前，她並沒有說過會晚歸。

方妮從客廳返回辦公室，正想致電男中心查問跟她同校的偉信回來沒有，職員Mei Mei已跟她道：「談炤兒半小時前來電，說因樂團排練而晚了離校，她會盡量趕及晚飯前回來。」

「明白了！麻煩你，Mei Mei！」方妮放下心頭大石了，順道跟她說，「我約了炤兒的爸爸明晚到來面談。我想預留貴賓房作面談之用。」

Mei Mei點點頭道：「沒問題！」

這時，電話響起，方妮順手接聽了。

碰巧是找她的。

來電者是她的大學同學Janice。

「Janice！很久不見了，最近如何呢？」方妮問道，語帶驚喜。

「我最近很好！有心！」寒暄過後，Janice續道，「我這次來電，其實是有事相求。

「你也知道，我現在是學校社工的身分吧！剛才接到一位中二級班主任來電求助，她說，有一個學生致電聯絡她，說她和妹妹離家出走了，現正在園尚邨內的一個公園。那班主任正趕往那兒，她希望我也能到場。不過，我實在愛莫能助。因為我現正在澳門，明天要出席親戚的婚宴。我唯一能做到的，就是替她找救兵。我在腦海裏搜索了一遍，第一個浮現的就是方妮你的名字。

「你在啟明社工作，若有需要，可以把這兩姐妹帶至中心暫住，待我下星期一回來後再跟進。方妮，麻煩你替我接這個個案吧！」Janice 熱切地央求道。

方妮有點猶豫地道：「Janice，現在是我的上班時間，若果我接你這個個案，一定要外出至少數小時。不如我把這個案轉介給我們的外展社工吧！」

「你們可有女外展社工呢？」Janice 問道。

「我們的外展社工全都是男性。」

Janice 沉默了片刻，道：「方妮，我還是希望你去一趟。」

「為什麼呢？」方妮急問。

「那對姐妹由小學到中學都是讀女校的，她們接觸男性的機會不多，我怕她們會較害羞，面對男社工未必能夠暢所欲言，所以，我覺得——你是最適當的人選。」

Janice 盛意拳拳地道。

方妮考慮了好一會兒，道：「你先讓我致電上司，問一問可否外出接這個個案，我稍後再回覆你，好嗎？」

「好啊好啊！我等你的好消息！」Janice滿是希望地道。

12

離家出走小姐妹

晚上七時五十一分。

天已全黑了。

方妮根據那兩個中二女孩的班主任甘老師的指示，來到園尚邨。

方妮依稀記得，她年幼時，媽媽曾數次帶她到這屋邨去探訪朋友，她還與媽媽朋友的孩子在這邨內的公園玩樂。

畢竟是十多年前的事，現在人面全非了。記憶中的公園，已經不在。

此時，手機響起了。

「喂，方妮？你現正在哪兒呢？」來電的人壓低了聲量，但依然聽得出是正惶恐不安的甘老師。

「我已在園尚邨了，正在找那公園……」方妮邊說邊繞過一道通往二樓菜市場的電動扶手電梯，終於看到公園了。

晚飯時間，公園沒有遊人。方妮遠遠便看見三個她要找的人。

淡黃街燈照射下的鞦韆架，有兩個十來歲、留着齊肩直髮、相貌純淨可愛的女孩子坐在鞦韆上。鞦韆架對面的矮牆則坐了一個穿長裙、鬆身毛衣、二十來歲短曲髮的女子。

毫無疑問，她們便是甘老師和兩個案主了。

方妮朝她們走過去之際，手機再次響起來。是啟明社的來電。

「方妮，談熖兒的爸爸突然到訪，說要見談熖兒呢！」Mei Mei 道。

「談先生今早跟我約定，明晚才會到訪啊！怎麼他會突然來到中心？」方妮對此感到愕然。

「他的解釋是：他的工作有調動，明天大清早才北上，此行會去至少一至兩個星期。他希望處理好家事後，才安心離港公幹。」Mei Mei回道。

「談炤兒呢？她應該返回女中心了吧！」方妮又問道。

「對啊，她說因為塞車的關係，所以差不多七時半才回來，現在還在吃晚飯。我們還未告訴她，她爸爸來了。」

「讓談先生等一等吧！我想我沒可能立刻返回中心——」

「你是方妮嗎？我就是甘老師了！」甘老師見方妮走近，迫不及待上前自我介紹。

「你好，甘老師！」方妮跟甘老師打招呼後，向電話中的Mei Mei低聲道，「我不方便談了，稍後再回電！」

她順手啟動了手機的靜音模式，然後把它放進手提袋裏。

「她們就是周可喬和周可淇了。」甘老師向方妮介紹一對姐妹。

剛才遠看時並不察覺，現在走近了，便看得清清楚楚。是一對孿生姐妹呢！

「可喬、可淇，你們好！我是啟明社的社工林方妮。」方妮微笑道，並遞上卡片。

姐妹倆禮貌地回了個笑，站起來接過卡片，又坐回鞦韆上。

「你們誰是姐姐，誰是妹妹呢？」方妮問道。

「我是姐姐！」右臉頰有個小酒窩的可喬揚一揚手道。

「我是妹妹！」可淇微微一笑回道。

方妮留意到，可淇的左耳耳珠有顆小如米粒的痣。幸好姐妹倆有這些特徵，否則，兩副近乎「倒模」的樣貌，實在教方妮難以分辨。

姐妹倆坐的鞦韆架旁擱了兩個脹鼓鼓的背囊和一個小型皮箱，告訴別人，她們是一對「離家出走姐妹花」。

方妮端詳一下兩人，都是乖巧女孩的模樣，清澈的雙眸透露着純真，情緒平靜，淡淡的笑容卻帶着哀傷。

為何要離家而去呢？

一陣短暫的沉默過後，方妮正要發言，甘老師按捺不住，搶先説了。

「事情是這樣的，今天下午，大概六時多，我接到可喬來電，請我到她們家，告訴她們父母，她和可淇無恙，不用掛心，但她們不打算再回家。

「我一聽之下，心知不妙，便要她們將事情原委和盤托出——」

「甘老師，不好意思！」方妮輕按她的臂膀，打斷了她的話，「既然我已到來了，不如就由可喬和可淇親自告訴我吧！畢竟，她們才是事件的主角。」

「你説得對！」甘老師有點尷尬地笑了笑，轉頭跟可喬和可淇道，「你們就向林姑娘道出一切吧！她一定可以幫到你們。」

可喬和可淇對望了一會兒，一臉茫然，似乎不知道該從何說起。

「不如就由你們的家開始說起吧！」方妮提議道。

可喬咬咬牙，深呼吸了一下，跟可淇交換了一個眼神，開始談她們的家了。

「我們來自一個六口之家，我們姐妹倆和家姐、弟弟、爸媽同住。

「在眾多親友和鄰居眼中，我們是模範家庭。任職茶餐廳廚師的爸爸，無不良嗜好，一下班便回家，一放假便與家人外出吃飯逛街。他是典型的好丈夫、好爸爸。

「我媽媽跟朋友合作，在屋邨經營報紙檔幫補家計。後來，她朋友退出，她就獨自經營，還加賣玩具、精品等，生意算是不錯。

「比我們大四年的家姐既聰明又漂亮，由小到大都讀名校，還是游泳健將。她獲得的獎牌多得一個玻璃櫃也不夠擺放。

「我們九歲的弟弟很有鋼琴天分，去年已考獲鋼琴七級。每年校際音樂節，他都穩奪冠軍。小小年紀，他已立志要當音樂家。

「我們兩姐妹讀的是區內最好的學校。雖然功課繁重，但我們時常分擔家務。自四年級開始，差不多每天下課後，都輪流到媽媽的報紙檔幫忙。

「熟悉我們的街坊無不讚賞我們，又常說爸媽有我們幾姐弟，既乖巧伶俐又各有所長，很是有福。」

可喬說到這兒，便止住了。方妮完全不能從她低垂下來的頭看到她的表情。

「其實，我們並不如人家以為的好。」可淇替她接了下去。

「家姐在學校曾獲操行獎，但在家裏，她是個脾氣暴躁的大小姐。

「因為每天要到泳池練習和上補習社，所以家姐從不用負責任何家務及幫忙看舖。

「在家姐心目中，我們兩姐妹是她的傭人。我們會替她煮飯、洗熨衣服、清潔牀鋪、收拾書桌。」

可喬插嘴道：「若『服侍』不夠周到，她便大發脾氣。

「有一次，她在晚上近十一時才發現，她的夜用衛生巾已用完，便立刻指着我來罵，說我沒有『盡責』，替她準備日用品。最後，我就穿着睡衣，趕往超市，在它關門前幾秒替她買衛生巾。

「家姐的事，永遠比我們的事更重要。這是媽媽說的。

「我們替各人熨校服衣物時，媽媽要求我們先熨家姐的校服，然後讓她檢查，熨不好要重熨。因為家姐讀的是名校，名校生的校服一定要整潔，名校生的鞋一定要擦亮。所以，我們一定要先照顧了家姐的需要，才輪到自己。」

可淇續道：「弟弟也是比我們重要。他每天花三小時練琴，之後做功課。媽媽很緊張他那一對手，怕他扭傷或弄損，不能彈琴。所以，自弟弟升上小一，書包一下子變得沉重，媽媽便要求我們負責接送弟弟上學。每天，我們都得先替他挽書包，護送到校，才可以自行趕回學校上課。下課後，我們不能參與課外活動，因為要趕緊接弟弟，送他去學鋼琴或補習，還有，要到報紙檔幫忙。」

「有時候，我覺得我們像周家的傭人多於周家的女兒。」可喬幽了自己一默。

「傭人有人工，星期日有假期！我們是年中無休，而且沒有人工的！」可淇苦笑道。

同一屋簷下的孩子，竟有截然不同的待遇。這個家，似乎沒有「公平」這兩個字。

「聽到你們的心聲，知道你們為這個家付出很多，但期望中的重視似乎見不到，因而感到失望、無奈、不滿，這些都是正常的感覺，」方妮來回地看看可喬和可淇，徐徐地道，「你們決定離家出走的主因，是家務和功課帶來的沉重壓力？姐弟間的相處問題？父母對待你們不公？還是其他呢？」

「我們的問題不止這些。」可喬搖搖頭，眼裏滿是哀愁。

「我們是有讀寫障礙的！」可淇接下去道。

這對乖巧、勤奮的姐妹花，竟有讀寫障礙？

「你們做過評估了嗎？」方妮謹慎地問道。

「還未呢！不過，我們幾乎百分百肯定，我們有讀障。」可喬回道。

「你們什麼時候察覺到自己有讀障的問題？」

輕柔的晚風吹拂着可喬的一頭髮絲，她仰起頭，伸手把頭髮往耳後一撥，美麗的少女輪廓清楚顯露在眼前。

「早在小一時，每逢有中、英文默書，我們便怕得要死。

「一篇中文或英文課文，只有短短二、三十個字。但是，我們每次都錯十來個字，不合格甚至零分更是家常便飯。

「媽媽花一整晚替我們溫習，但付出與結果卻成反比。每次把默書簿交給她簽名，我們必須一併遞上藤條。因為，媽媽一定要在發泄過後才肯簽名。

「可是，無論花上多少時間去溫習，或是給媽媽打得多厲害，我們的默書成績依舊停留在合格的分數以下。

「記中、英文生字實在困難！今天抄五十遍，在心裏默唸五十遍，然而，到明天默書，幾乎什麼都記不起了。

「升上小二，課文更深，默書範圍更廣。到了下學期，媽媽完全放棄替我們溫習了。

「『你們是無可救藥的！』她曾負氣地說，『我倒不如把時間花在更值得的人身上！』

「自那時開始，我們真的只能依靠自己了。

「我們一起拚命溫習。中、英文弱，便以其他科目『拉分』，令總平均分合格，得以年年升班。

「小五時，我們偶爾從報章報道中得知讀寫障礙的資料，開始懷疑自己是讀障學童。然而，媽媽卻拒絕相信我們有這個問題，還斷言不會帶我們去求助或評估求證。她認為，我們只是為自己的懶散找藉口。」

「我們只好把懷疑藏於心底，繼續在苦難中求存，」可淇接下去道，「我們就讀的小學並沒有社工，老師對讀障的認識又不多，我們根本求助無門。最後，只有認命，默默忍耐着。

「記得小六一次英文默書，我們把每個生字抄了接近一百次，結果合格，令我們喜出望外。

「可是，英文老師不相信我們的話，一口咬定我們是因作弊才能取得這樣『高』

的分數，更當着全班同學面前審問我們，令我們極度難堪。

「最難受的，不是當眾被冤枉，而是當老師請媽媽到校，講述事件時，媽媽竟然完全相信老師的話，認為我們的確有作弊，還痛罵我們，迫我們承認我們沒有犯的錯。

「親生女兒和一個甚少接觸的老師，媽媽竟然選擇去相信後者。我們對她感到徹底失望。

「上了中學，要應付要求更高的中、英文默書和作文，我們大感吃力，加上功課以外的家務、雜務愈來愈多，我們委實應付不來。可是，家人不諒解，亦不願聆聽我們的話。我們只好咬緊牙關，盡全力應付每一天。

「上月，我們看到一本關於讀寫障礙的書。書後有一欄是教人如何識別讀寫障礙的孩子。

「欄裏列出讀障孩子的特徵，我們大部分都有。

「我們覺得，這是個有力的證據，證明我們極有可能有讀障，需尋求協助。

「可是，當我們拿着這『證據』跟媽媽談的時候，她只是象徵式地望了望，把書翻了翻，冷冷地道：『這本只是小説，所有內容都是創作出來的。你們竟信以為真？你們的整體成績不算差呀，若有讀寫障礙的話，又怎會年年升班呢？不要再胡思亂想，也不要再煩我了！我替你們弟弟安排鋼琴考試已經很煩惱了！你們家姐學校又要我出席什麼活動，我已沒空理會這麼多！求求你們不要再來煩我了！』」

「聽見她這番話，我們的心完全被冰封了。」可喬下意識緊抱自己的胳膊道，「一直以來，我們在家的地位是最低微的，這點我們知道。但當我們以最誠懇的態度向媽媽作出一些很基本的要求，結果竟然是這樣。我們開始問，究竟這個家是否值得我們再付出？是否值得我們再留戀？我們是否應該繼續留下來……」

方妮聽着聽着，一顆心在滾滾流淚。她竭力制止自己眼眶的淚水掉下，卻感到頭頂、臉頰、鼻尖都有點濕潤。

她抬起頭，驚覺夜雨已在不知不覺間落下，而且愈下愈大，愈下愈急。

「下雨了！我們先到那邊避雨吧！」方妮和甘老師幫兩姐妹挽行李、背囊，狼狽地朝附近的食肆跑過去。

13

突發事件

雖然那並非很長的路程，但大家還是沾濕了一大片。四人就站在食肆門前的簷篷下避雨，並以紙巾拭去身上的雨水。

待了好一會兒，雨勢不但沒有減弱，還以幾下閃電和雷聲助其聲勢。

方妮見狀，遂跟可喬和可淇道：「我很希望與你們繼續傾談，但此時此地並不適合談話。我工作的啟明社有宿舍，歡迎你們到那兒暫住。你們可如常上學，下課後回宿舍，我們便能繼續傾談，從長計議。反正你們今晚也要找地方留宿，若果你們暫時不想回家，我就安排你們入住宿舍，好嗎？」

「我也覺得這是最好的安排，」甘老師微笑跟她們道，「你們在啟明社住，有人照顧，我會較安心！你們意下如何呢？」

可喬和可淇低聲交談了一會兒，才回道：「我們想問，林姑娘你會否通知我們家人呢？我們暫時不想見他們。」

「你放心！我只會代你們向家人報平安，但不會要求你們立刻見他們。待你們準備好，我才會安排一個會面，」方妮向她們保證道，「我相信，任何問題都有解決的方法。就讓我幫你們一把吧！」

可喬徐徐舒了一口氣，凝望前面那密密麻麻的一道雨簾，輕聲道：「好吧！我們就跟你去啟明社。」

「謝謝你們對我的信任！」方妮釋然道。她馬上從手提袋取出手機，準備致電啟明社外展社工Vincent，這才看見，原來剛才有兩個未接來電，全是來自啟明社的。但是，她還是先致電Vincent。

「喂？Vincent，我是方妮啊！有事要你相助呢。我現正在園尚邨公園附近的明昌茶餐廳，與一對小姐妹一起。我想帶她們回女中心，不知道你是否方便來接我們呢？」

掛線後，方妮跟可喬和可淇道：「約莫二十分鐘後，啟明社的車便會到來，把我們接回宿舍去。你們耐心等等吧！你們想甘老師隨車陪同回啟明社，還是——」

「不用了！」她們轉頭跟甘老師道，「甘老師，你還是早點回家休息吧！今天我們可麻煩你了！」

「不用客氣！這是我當老師的責任啊！坦白說，我對讀障的認識也不多，以至未能及早察覺到你們有讀障的問題……」甘老師回道。

這時，方妮的手機震動起來。

「喂，請問是哪一位？」她馬上接聽了。

「隆隆」的雷聲，由遠而近，完全掩蓋了電話那端的回應。

「喂？喂？」

電話斷線了，那邊廂只傳來空洞的嗚嗚聲，跟滂沱的大雨聲一樣，教人心煩意亂。

方妮看看手機熒幕顯示，又是啟明社的來電。她索性走進茶餐廳，胡亂點了一客三文治外賣，乘機坐下來，在這尚算清靜一點的環境重撥號碼。

電話響了半頓，才有人接聽。

「喂，我是方妮啊，你是Mei Mei嗎？」方妮問道。

「不！……我……我是心姨！」心姨的聲線不似平時般愉快、響亮。

心姨是女中心的廚師啊！平日是絕對不會到辦公室接聽電話的。而且，這個時候，她應該已經下班了。方妮心裏升起一陣莫名的恐懼。

「心姨，職員們往哪兒去了？」方妮盡量鎮定下來，問道。

「她們都不在……不在辦公室，全都到了貴……貴賓房了。」心姨回道，聲音依舊透露出惶恐不安。

在貴賓房？平時，晚上至少會有三個職員當值，若果她們全都跑到貴賓房，一定是有突發事件發生了。剛才跟 Mei Mei 通電，她說焰兒爸爸突然到訪。方妮立刻聯想到，現在的突發事件必定跟他有關了。

「心姨，究竟發生了什麼事？」方妮急道。

「哎吔……我也不知道呀……剛才我打點好一切，從廚房走出來，準備離去，突然聽見樓上傳來一陣嘈雜的人聲和猛烈的撞擊聲。我抬頭一看，只見在客廳的卓晶馬上站起來，跑向貴賓房那邊，於是我也上樓去看個究竟。

「當時，貴賓房關上了門，我從門上的玻璃向內望，只見三個職員都在，裏面還有一個高大的中年男人，很是激動的樣子，不知在說些什麼。

「然後，Mei Mei 開了少許門，探頭出來，着我請男中心的社工過來幫忙，並報警，說這兒發生了傷人案。

「我剛報了警，現在等待警員和救護員到來。哎——我從未報過警的，嚇死我啦！哎，我還未找男中心的人來呢，不知號碼是什麼呢……」

傷人？動武者是談先生？他是疼愛女兒的好爸爸啊，怎會演變成動武者？還是，動武者另有其人呢？

若果她留在女中心，是否可以避免這事件的發生？

「咦？Mei Mei 進來辦公室了，我請她跟你談吧！」心姨馬上把電話交到 Mei Mei 手中。

「Mei Mei，是我呀！」方妮聽到自己的聲音在震顫，「究竟發生了什麼事？」

Mei Mei 長長地嘆了口氣，才道：「長話短說，剛才發生了傷人事件，是談先生與談炤兒會面期間傷及談炤兒。那是在短短一、兩分鐘內發生的——」

「談炤兒的傷勢如何？」方妮追問。

「她的頭部受傷了，以防萬一，一定要送院檢查，」Mei Mei頓了一頓，又道，「除了因為她受了傷之外，還有另一個原因，我們認為不能不報警。」

方妮的心急促跳動起來，渾身滾燙得快要爆裂。

「那是什麼原因呢？」她問。

「從談炤兒和談先生的對話中，我相信，這兩父女——有不尋常的關係！」

不尋常的關係？

「小姐，這是你的三文治！」

茶餐廳侍應把外賣遞到方妮跟前，可她已經呆住了。

談炤兒和談先生有着密切的父女關係，這是方妮早已察覺到的。但她有所不知的是，原來兩父女不知什麼時候開始，已變成兩性的關係。

「如海到了！方妮，你是否正趕回來呢？」Mei Mei問道。

「是……我會盡快回來的！」方妮緊緊捏住自己的臂膀，指尖深深陷進肉裏，隱隱有點刺痛的感覺。

她就是要有這刺痛的感覺，好喚醒自己。她要有更清醒的頭腦，更深入的思考能力，去應付接下來的事情。

「方妮，前面有一輛七人車子停了下來。是否來接我們去啟明社的呢？」甘老師推門進茶餐廳來，問她道。

方妮往外看一看，依然滂沱的大雨，「嘩啦嘩啦」的打在一輛熟悉的車子的車頂。有一個人從車上走下來，拿着兩把雨傘，正朝這邊走過來。

「是呀！我們上車吧！」方妮上前，接過 Vincent 遞過來的巨型雨傘，把可喬和可淇送上車。

是的。作為社工，她的責任就是替有需要的青年人擋去狂風暴雨，帶領他們走往正途，勇敢地向未知的前路邁步。

「方妮，你今晚也會在宿舍陪伴我們嗎？」上了車後，可喬悄悄地問她道。

「會。我會一直陪伴着你們。」方妮回道。

可喬聽了，安心地微笑。

那是方妮從這稚嫩的臉上看見的第一個笑容。

外面的雨依然不規則地下着，但無論是多大的雨，到了最後還是會停下來。

一定會停下來。

（待續）

後記

回想這些年，我的工作量日益繁重。天天馬不停蹄，撰寫小說和出席講座。有一天，我發覺自己非常虛弱，看中醫西醫，也無補於事，轉去急症室，醫生亦不知我出了什麼問題，只是着我服食阿士匹靈。

任何人都知道，阿士匹靈是沒有治療的功效，幸好醫生給我一個更好的的建議——就是照磁力共振。

四月，照磁力共振的結果令我愕然。

我有一個 3.3cm 的腫瘤。會見醫生前，我臉部更有抽筋的反應，醫生認為我的情況有生命危險，必須馬上入院作詳細檢查。人生第一次聽見醫生說我有性命危險，但是我並沒有時間去擔心那麼多，只能拜託兒子，把我所有學校講座及工作坊的工作推掉，然後虔誠祈禱，把一切交託給天主。

入院第三日，我已被推進手術室。接受開腦手術後，我接連數天都不太清醒。其後，我還發現再也不能靈活運用平日寫字的右手，甚至連說話也非常吃力，思緒混亂。這樣的我還可以在學校主持講座及寫小說嗎？

一年後的我，可以告訴大家，原來是可以的！

瑪麗醫院腫瘤科的林醫生與我第一次會面時，就在我的牀前說了一番鼓勵的說話，說有朝一日，我一定可以在學校主講，更可以寫作。儘管住院期間，我說的話還是沒有多少人聽得懂，林醫生卻對我有百分百信心，認為我康復的機會很大。

半年之後，我的癌症終於受到控制了。

二月一日，我戰戰兢兢地再次接受小學講座邀請。

第一間就是太古小學，老師早已明白我的情況，預早跟我溝通，除了在講座中談及寫作，還加上生命教育的環節，讓我向同學講述我的抗癌經歷。

縱使我在講座中出現了些許差錯，但老師和同學都非常包容，全場同學激烈鼓掌，於是我鼓起勇氣，接了一個又一個的講座。

生命的長短，我們不能控制。盡量選擇一些你喜歡的事情、有意義的事情去做吧！多祈禱、發佈愛的訊息。

君比

寫於二零一九年五月

協青社簡介

協青社成立於一九九一年，專為通宵流連街頭，或有個人及家庭問題的青少年提供危機介入及短期住宿服務。

深宵外展隊外展隊員每晚駕駛「外展車」，主動與不能回家或不願回家的青少年接觸。在不良分子未接觸他們之前提供緊急介入服務，將他們送返家中或協青社作輔導及跟進。

蒲吧作為一所二十四小時開放的青少年中心，為青年提供潮流玩意。專業社工以危機介入手法，讓深夜不歸之青少年得到協助和輔導。

危機介入中心（男／女中心）專為八至十八歲的男及女青少年提供家庭式暫住中心。入住手續簡單，有位可即時入住。住宿期最長為兩個月，期間社工會協助他們改善與家人關係，以便盡早回家，而個案會繼續跟進六個月。

自立堂（在職青年過渡期男/女宿舍）專為十五至二十四歲立志自立生活的青少年及十五至二十一歲以下的受感化者提供六個月過渡期的住宿及就業訓練，協助他們尋找工作及建立自住能力。

嘻哈學校以街舞文化為平台，接觸更多青少年並了解他們的需要。透過舞蹈教學、演出等工作，培養青少年的責任感及自信心。

城市之峰提供以歷奇為本之輔導及訓練服務。中心設有繩網陣、獨木舟及攀登等設施吸引青年人參與，藉活動帶出正面文化，為青少年的成長帶來良好的轉變。

香港青年學研究中心主要為內地、本港、澳門、台灣等地區之青年工作人員提供專業培訓，讓他們有機會與不同背景的同工分享及交流各地工作經驗。

協青就業服務主要為欠缺學歷及專業技能的青少年提供不同的工作訓練平台，給予他們穩定的工作和訓練，提升他們自力更生的能力。

AS Production 圍繞「街頭文化活動」、「音樂」及「創作」，以到會形式為不同機構及團體提供表演創作（塗鴉、花式滑板、樂隊及 BMX 花式單車等）、舞台及音響設置等服務。

二十四小時服務熱線：9088 1023
網址：http://www.youthoutreach.org.hk
地址：西灣河聖十字徑二號

夜青天使系列 3
治癒破碎的雙心

作　　者：君比
出版經理：林瑞芳
責任編輯：蔡靜賢　Katie CC
封面設計：WIN. 云上
美術設計：BeHi The Scene
出　　版：明窗出版社
發　　行：明報出版社有限公司
香港柴灣嘉業街 18 號
明報工業中心 A 座 15 樓
電話：2595 3215
傳真：2898 2646
網址：http://books.mingpao.com/
電子郵箱：mpp@mingpao.com
版　　次：二〇一九年七月初版
I S B N：978-988-8526-41-3
承　　印：亨泰印刷有限公司